原來是雨、不是你

東東 著

因為愛你、

因為崇拜你、

因為思念你、

因為承諾過你……我竟然開始忘了我是誰？

推薦序1／兩岸偶像劇大師導演

張博星

　　奔走兩岸拍戲是我這十年來的作息，也因此拍過數十齣偶像劇，有改編的小說IP，也有編劇自創故事，而近幾年來大陸瘋拍小說改編的IP其實有點氾濫，當然有很不錯的作品，也有一些火候還不夠的作家和作品，但這些都不是問題，因為小說只要提供很迷人的氛圍，抑或是小說內的角色夠有魅力，甚至於小說所討論的愛情議題夠特別，都可以透過編劇的神手改編成為厲害的電視劇或是電影劇本。

　　年初收到好友峰起云湧影業杜總的《原來是雨、不是你》小說，剛好利用春節期間靜下心來閱讀，有趣的是這部小說似乎顛覆了我過往拍戲，總希望戲劇性要求強烈的傳統戲劇觀念，我發現作者在小說裡，對於青春男女之間互動的生活細節描述，反倒是成為這部小說的亮點，也深深吸引我往下看，看著看著就進入了男女主角之間心繫多年的情感糾結，尤其是女主角的自我認同錯亂的內在拉扯，為了愛不敢面對自己的情感，也為了愛而勇敢揮別雨季，尋找生命的太陽，深刻的角色內在衝突是這個小說的亮點，透過五個青春男女的友情與愛情的快節奏發展各自不同的

成長，浪漫的氛圍著實令人嚮往，只能說青春真的是無敵呀！

　　如今大陸內地的小說作品幾乎已經被電視或電影製作公司收購一空，因為我是台灣導演，也常常有投資方希望我替他們留意台灣優秀作家的小說，機緣巧合回台灣過年卻意外讀到《原來是雨、不是你》，它將成為繼《那些年，我們一起追的女孩》、《七月與安生》、《後來的我們》之後最值得改編的愛情小說IP。

推薦序2／故事原創・兩岸編劇大師

林旻俊

「原來是雨、不是你」電影原創故事是我向峰起云湧的杜總經理提案的，杜總經理聽完故事後的反應嚇到了我！他霸氣地告訴我，峰起云湧買下這個故事了，並計畫找作者東東把「原來是雨、不是你」寫成十萬字小說出版。

首次和作者東東見面的時候，相談甚歡。她對「原來是雨、不是你」故事架構，特別是人物之間情感糾葛的喜愛程度，遠超乎於我！我從她自信的眼神裡可以感受到小說版交給她準沒錯！

在我耐心等待之後，我收到東東的十萬字初稿時，我很開心、也驚呆了！心裡想著她是怎麼辦到？難道她是24小時全日無休的寫稿嗎？心裡不斷的提醒自己，應該會寫出跟我原創故事有極大的落差吧！但當我開始拜讀東東的小說版後，所有的疑慮都是多餘的。

因為小說版的《原來是雨、不是你》字裡行間充滿了清新且饒富趣味的青春與純愛，享受它屬於很與眾不同的浪漫愛情故事。小說透過優美文字的描繪與電影劇本的表達屬於不同的創作模式。但小說卻完全彌補了電影劇本裡人物心理層面的思緒。非常推薦小說版的《原來是雨、不是你》。

推薦序3/峰起云湧影業總經理

　　如果這世界有所謂的一見鍾情，那你一定要看《原來是雨、不是你》。

　　釀一缸好醬油，除了技術外，需要的是時間，一個好題材通常也需要時間的淬鍊，原名叫做「冬季到台北來看雨」的這個故事，原創來自於我的好友編劇林旻俊，這題材在我內心早已醞釀許久，今年初我決定出版小說。

　　一個冬日午後，暖暖的陽光驅走了多日寒流的刺骨冷冽，作者東東裹著長長的大衣來到了我的辦公室，忙碌的我其實只挪出了一小時的時間與她會面，我注意到這個年輕女孩消瘦的臉龐透漏著些許生活的歷練，我知道她是個有故事的人……

　　「這是一個陽光女孩被另一個陰鬱女孩綁架的故事」，光是切入的一句話就吸引住我了，因為它不老套；「因為愛情的到來，女孩開始學著掙脫這個綁架，一個自我追尋、自我成長的珍愛旅程」好有溫度、也具有深度的故事，正是我選擇愛情故事的首要考量，於是就在簡短的談話中，我心中十分篤定請東東來發展這個浪漫的愛情故事，同時在心裡我已經決定在未來改編這個

推薦序

原來是雨、
不是你

故事籌拍電影的計畫。

　　就在我的殷殷期盼中小說完成了，細細閱讀東東的文字，她不是個文筆華麗的作家，然而對於人物、性格以及場景氛圍的陳述卻有種熟悉又極富生命力的影像彷彿出現在我眼前，明明只是小說的文字，卻讓我在腦海中產生具象的畫面，對白的親和力讓我更容易進入人物的世界裡，十幾萬字的小說，對於不擅閱讀文字的我，居然可以在半天讀完它，故事的戲劇性元素已經瓦解了文字的束縛，對於未來改編成電影我更深具信心。

　　當然說故事的方式，是東東的另一個強項，我被它的小說情節帶得我忽上忽下、時而歡喜、時而悲傷，我才驚覺透過一個浪漫喜劇的調性，透過一個自我成長、自我追尋的浪漫愛情旅程，娓娓道來女孩過往生命的悲傷和遺憾，就是這個悲傷和遺憾，豐富了女孩生命的歷程，也因為愛，讓女孩勇敢地決定要掙脫過去，揮別陰雨找回陽光。

　　市面上的小說不缺成長的故事，但我推薦讀者可以細細品味《原來是雨、不是你》所描述充滿生命力的成長！

自序

———

　　每一個人的成長過程，或多或少受著另一個人的影響，心中多少有幾個模範或偶像。當聽到這個故事，自己就很喜歡這個故事，於是決定動筆寫下這個故事，但手上只有原創旻俊老師的故事大綱，至於內容的編寫就要靠自己了，深怕自己寫的內容偏頗，多次與杜總經理討論，杜總是一個很有深度的人，對於刻畫人性和感情深度的要求，都比一般編劇來得高，來得深入，找他討論準沒錯，感謝他幫助我完成這部小說。從本來只是一個簡單的男女戀愛故事，經過杜總的點畫，變成一種自我成長，變成是一個女孩的蛻變，甚至因為男孩的幫助救贖了女孩，讓女孩從姐姐的陰影裡脫胎換骨。

　　從小，姐姐一直就是我的偶像，因為年紀接近，幾乎做什麼事都在一起，連喜歡的人可能都是接近的，只是不是真的喜歡，現在長大了再來看，發現喜歡的不是對方，是因為姐姐的影響。

　　姐姐在我心中是完美的，讀書厲害，考試厲害，玩樂辦活動也很厲害，才藝也了得，又彈得一手好琴，假如您有一個像我這樣完美的姐姐，相信成長過程都會很崇拜她，甚至因為她造成自己的壓力。該花多少時間才可以脫離這樣的一張壓力網？

原來是雨、
不是你

小時候因為姐姐的關係，我就很喜歡看小說，看瓊瑤小說，倪匡的科幻小說，亦舒的小說，最喜歡的小說《未央歌》。喜歡孟庭葦的歌，一聽到〈冬季到台北來看雨〉，覺得以前的記憶都回來了！

　　很開心峰起云湧影業願意讓我來主筆這部小說，一來，圓了自己多年的夢，也寫出自己內心的掙扎。二來，可以跟海峽兩岸有名的編劇林旻俊大師，和峰起云湧影業的編劇翹楚一起工作，是我人生最大的榮耀。若是小說中，能得到讀者您的一點共鳴，更是我的意外之喜！

目 錄 *contents*

第一章／初識

　　在台北陽明山上有一間外表不起眼的咖啡屋，內部卻是非常別有一番風味，有女主人的巧思，感覺有一種思念某人，等待某人的味道。特別適合心中有念想的人來這兒獨自品嘗咖啡，或是約會。

　　這日，佟小雨抱著一本日記本，不經意的發現了這家咖啡館，她推開木質框邊的玻璃門，門上的鈴鐺清脆的響了起來，「叮鈴……叮鈴……」不規則的響著，而後立刻伴隨著一個中年女人的聲音傳來「歡迎光臨！」

　　佟小雨看了看四周，不知道是不是自己來早了？怎麼都沒有客人？

　　一個中年婦女從櫃檯後方走出來，看得出來精心整理過自己，但精神卻顯得不是很好。

　　中年婦女臉上充滿笑意，手拿著菜單走過來，微笑著說：「歡迎光臨！店裡的位子都可以坐，一般人最愛挑靠窗的位置，因為這個時候是台北的雨季，可以一邊喝咖啡，一邊欣賞小雨。」微笑著繼續說：「這是菜單，您先看一下，等一下我再過來，看您需要什麼。」

佟小雨經老闆娘熱情的介紹，順勢就往剛才經過老闆娘指引的靠窗座位坐了下來，細心的把日記本輕輕的放在桌子上。

　　佟小雨並沒有急著看菜單，反倒是觀察起整間店的樣子來，首先看到的是桌上的一個小看牌，上面寫著：「歡迎到小店來欣賞雨」，因為這句話，佟小雨突然喜歡上這一間咖啡店。

　　再看看牆上的一些布置和幾句短語！

　　「冬季到台北來看雨，別在異鄉哭泣」

　　「冬季到台北來看雨，夢是唯一行李」

　　「冬季到台北來看雨，也許會遇見你」

　　整間店充滿了想念的味道，充滿了溫度，充滿了期盼！

　　佟小雨突然喜歡上這間店，也勾起了心中的好奇，這間店的主人到底有什麼故事？自己突然很想聽聽這個故事。

　　這時老闆娘回到餐桌邊，問起佟小雨想喝些什麼？

　　突然，自己想到自己進了店好一會兒，都在觀察四周，卻還沒仔細看過菜單。

　　佟小雨慌忙趕快拿起菜單來挑選，「喔！對，不好意思，我還來不及看菜單，我現在馬上看。」一慌張，反而不小心把日記本給推到地上了！

　　老闆娘溫和的，微笑的說：「沒關係，到我這兒來時間都是靜止的，我都希望來我這兒的客人忘記時間。」老闆娘一邊講話，一邊幫佟小雨把日記本撿起來放在桌上，一邊把菜單本子闔

第一章
初識

原來是雨、
不是你

上。「這樣吧！我看妳也是第一次來這裡，我想妳應該也不知道點什麼？我就泡一杯本店的招牌咖啡請妳，本店招待。」

老闆娘講完這一段話，還對著佟小雨微笑的眨了眨眼睛。

佟小雨很感謝老闆娘，連忙說：「謝謝妳，老闆娘。」這句話感覺是感謝老闆娘招待她免費咖啡，其實更多的感謝是謝謝老闆娘幫她拾起這本日記本。

佟小雨拿起日記本，小心的前後檢查著，看是否弄髒，或把日記本的頁數弄掉了。其實地上很乾淨，這樣的舉動，只是因為自己很珍惜這本日記本，裡面記錄著許多回憶和自己心中的願望。

佟小雨翻開自己用書籤作記號的頁數，看著窗外矇矇的天色，不知道是霧氣還是下著小雨？反正台北的陽明山在冬天似乎都是這樣的天氣。

從座位望向窗外看，視線是看不遠的，因為窗外依然是矇矇的，這一天的天氣，溫度冰冰涼涼，讓玻璃窗起了霧氣，佟小雨突然伸出食指在窗戶上寫下「佟小雨」。

老闆娘這個時候剛好端來咖啡，看到她在窗戶上寫字，開口跟著字體念：「『佟小雨』，這是妳的名字啊？」

佟小雨沒有說話，只是緩緩的點了點頭。然後把桌上的日記本給闔上。然後說：「這裡好美啊！好希望可以住在這裡一陣子。」

老闆娘看佟小雨是真心喜歡自己的店，所以她突然有一個想法，頭稍微偏了偏，「小雨，我可以這樣稱呼你嗎？」

　　佟小雨有點不適應，突然在異地有人這麼溫暖的稱呼自己。呆呆的點了點頭。

　　老闆娘接著說：「我可以坐下來跟妳說說話嗎？」

　　佟小雨再次點了點頭。

　　老闆娘接著說：「我看妳很喜歡這裡？」

　　佟小雨發覺自己的祕密似乎被發現了，有點不好意思！「是的，我是挺喜歡這裡的，感覺很有溫度，感覺似乎可以在這裡想念某些人，或是等待某些人。」

　　老闆娘再次微笑了起來：「小姑娘，我聽妳講話的口音不像是這裡的人。看妳年紀很輕，是來找人的嗎？」

　　佟小雨顯得靦腆，害羞的說：「老闆娘，妳叫我小雨吧！我是從天津來的，算是來找人的吧！更正確的說，算是完成夢想，我一直想到台北來看雨。」

　　老闆娘用手掌比了比佟小雨面前的咖啡，示意她先喝一口再說，免得咖啡冷了，走味了！

　　佟小雨喝了面前的咖啡一口，被口中咖啡芬芳的滋味所吸引，訝異著這種苦中帶有一點酸甘甜的味道，而且隨著緩慢的吞嚥，又有種不同層次的味道和感受。難免又喝了一口。隨著閉上嘴巴，咖啡香似乎從鼻子沁了出來。

第一章
初識

原來是雨、
不是你

16

「老闆娘，這是什麼咖啡，這麼特別，這麼好喝！」

老闆娘嘴巴露出一抹得意的笑，似乎遇到識貨的人一樣。「這個咖啡的名字叫『藝妓』，略帶酸味是她的特色，似乎在訴說藝妓的人生，就是一種苦酸的味道，但要懂得煮這種咖啡，不能只是煮出苦和酸，還必須可以讓人嚐到入口之後伴隨酸苦而來的甘甜，這樣才是這個咖啡最美的地方。」老闆娘專業的說明著。

話鋒一轉，隨即想到剛才的話題，「小雨，妳剛才說妳從天津來台北看雨？」

佟小雨理了理自己的頭髮：「是的，老闆娘，我一直很想到台北來看雨，但我不知道到哪裡看比較好，我在天津的時候就先上網查一下台北哪裡適合看雨？大部分都推薦陽明山上，我今天起個大早，四處走走，看到您這間店就進來了。」

佟小雨接著看看四周，發覺自己進來這家店已經一陣子了，除了自己，還是沒有第二個客人進來，有點不好意思，小心翼翼的問：「老闆娘，我是不是來得太早了呀？」

老闆娘笑笑的搖了搖頭：「不是，是因為我最近身體不好，休息了好長一段時間，今天算是再重新開店的第一天。」老闆娘看了看店的四周，接著說：「雖然它不大，卻是我一手布置和經營起來的，我希望努力經營，想留給我兒子一個以後可以想念我的地方。」

「那妳兒子呢？」佟小雨一急，順口就追問了出來。講太快，馬上就後悔了，似乎顯得自己很沒禮貌，連忙跟老闆娘道歉。

老闆娘還是微笑的搖了搖頭：「沒關係的，這沒什麼，在我兒子還小的時候，我就離婚了，環境因素，沒辦法自己好好養育他，把他託給親戚扶養，現在長大了，突然要他回來接管咖啡店，說實在是難為他了，需要再給他多一點時間，只是……」

老闆娘似乎有什麼難言之隱，佟小雨好奇的眼神盯著老闆娘看，小心翼翼的問著：「老闆娘，妳怎麼了？是不是有什麼地方我可以幫助妳嗎？」

老闆娘又拾起平常的微笑，突然雙手抓起小雨放在桌上的雙手，用力的握了握她的雙手說：「我看妳滿喜歡這裡的，因為我生病了，可能等不及兒子答應回來管理這間咖啡店，妳是不是可以幫我看管一下這家咖啡店，包吃包住，只要在我離開的這段時間，妳幫我看管這家店，平常可以從醫院回來的時候，我再教妳怎麼煮咖啡？這樣可以嗎？」

佟小雨被老闆娘這麼突如其來的一握，一開始的確嚇了一跳，老闆娘一眼就看穿她喜歡這家店的功力，也讓她覺得自己太喜形於色了。不過若是這個寒假可以在台北看雨看個夠，又包吃包住，這樣就可以退掉民宿，不僅省一筆錢，又可以完成佟小雨的夢想，為什麼不呢？

第一章
初識

原來是雨、
不是你

佟小雨在內心快速的盤算了一下：「好啊！老闆娘，我答應妳，可是我的時間只能是一個月喔！一個月之後我就必須回去上班！」

老闆娘似乎找到了一個天大的禮物一樣，沒了一開始的優雅和成熟，突然開心得像個小女孩一樣，緊握佟小雨的手：「沒問題，沒問題。我最擔心的是找不到像我一樣愛它的人來照顧管理『他』，只要一段時間，我相信我兒子會回來的，到時候妳再回天津也不遲。」

「叮鈴……」

隨著兩人開心的約定，突然門又被推開了，進來的是一位約莫22歲的男性小夥子，感覺氣宇不凡，衣服穿著都有一定的品味，看來家庭背景算是不錯的。

「歡迎光臨！」老闆娘熱情招呼著。

老闆娘立刻轉頭向佟小雨說：「現在就開始吧！我教妳煮第一杯咖啡『藝妓』」，佟小雨很開心的從座位站起來，理了理自己一頭烏溜溜的長髮，帶點稚氣的感覺，用力的點了點頭，「嗯！好！」

老闆娘向男客人走過去，手上拿著菜單，但並沒有打算把菜單給客人。「這位客人，今天，咖啡本店招待，除非您今天不想喝咖啡，若想點其他的也是可以的。」

男客人看了看老闆娘手上的菜單，感覺到老闆娘似乎沒有意

思把菜單給他，也罷！用手揮了揮，「好吧！就來咖啡吧！」

今天天氣沒有很好，所以慕飛翔想給自己放個假，山上的路無論走幾次，對慕飛翔來說好像永遠都是第一次，實在很不習慣沒有標準比例的指示牌，所以總是望著各種大小、顏色不同的指示牌發呆，思考好一陣子才能決定往哪裡走。也許這就是陽明山另一種風景。

特地挑了一間看似不起眼，感覺比較有歷史的小店進來休息一下。

慕飛翔是學建築的，到台北來當交換學生，對一切都帶著實事求是的標準在做事，偏偏是個官三代，可能因為家庭背景的優渥條件，讓他的生活帶有一點玩世不恭的態度，可以說是集矛盾於一身的綜合體。

論外表，慕飛翔身高一米八，面容帶有一股英氣，兩道上揚的眉毛，又濃又生動，似乎快從他臉上跳出來似的，開闊的額頭，眉宇之間還是難掩官家後代的氣質。這樣的人，先不論內在如何，光是外在讓人看了，十個女人有九個一定脫不了喜歡他的行列。

慕飛翔挑了另外一桌靠窗的位子，靠窗的位子似乎都有一種魔力，讓人一坐下，心裡也就跟著靜了下來。

還來不及享受夠，老闆娘已經把他的咖啡端來了！輕輕的放在他的面前，「請慢用！」

第一章
初識

原來是雨、
不是你

老闆娘沒有走開的意思，似乎在用行動催促著他先喝一口咖啡試試。

慕飛翔也沒有太在意，拿起咖啡大大的喝了一口，不小心被燙到了口，「哎呀！」

老闆娘立刻轉身回頭去拿了一杯冷開水來，快速遞給慕飛翔：「不好意思，不好意思，忘了叮嚀你咖啡很燙，要慢慢喝。」

「沒事兒，沒事兒，是我自己喝太快了。」慕飛翔揮了揮手，大口喝了一口冷開水，含在嘴裡，減緩剛才被咖啡燙到的舌頭，然後過了一會兒，吞下水接著說：「咖啡這種東西平常是閑暇人士在喝的東西，對我來說，速度和精準才是我所追求的。」

老闆娘看這年輕小夥子有趣，也挺直爽的，聽他講話的用詞和口音，應該也不是台北人，不由自主好奇的問：「先生，聽您的口音，您應該也不是台北人吧？」

慕飛翔直爽的個性，也是急性子，立刻說：「不是，我是天津人，從天津來參觀台北各種的建築，聽說台北有許多很有特色的建築，想來看看。例如剝皮寮之類的。」

老闆娘似乎他鄉遇故知一樣的喜悅，跟慕飛翔說：「剛好，你今天喝的這杯咖啡啊，也是從天津來的姑娘泡給你喝的，我就是想讓你趕快試喝一口，看好不好喝，給你這個家鄉朋友一點鼓勵，沒想到卻害你燙到嘴了。」

慕飛翔順著老闆娘的手比出來的方向望過去，看到一頭烏黑長髮的小姐怯生生的站在櫃檯後面，害羞得不好意思的對自己笑一笑。突然，慕飛翔覺得自己心跳加快，感覺空氣中似乎有什麼不一樣了！

　　慕飛翔立刻展開他那萬人迷的開朗笑容，大聲的說：「沒事兒，沒事兒，這小事，不過就是燙了一下。」隨即主動起身，走過去向佟小雨自我介紹：「你好，我是慕飛翔，叫我小飛就可以了！我也來自天津，家住天津永樂橋摩天輪附近。天津的摩天輪又稱天津之眼，是世界上唯一建在橋上的摩天輪，在2009年4月16日正式開放，摩天輪外掛48個透明座艙，每艙可乘坐8個人。艙內舒適寬敞，有空調和風扇調節溫度，可同時供384人觀光。摩天輪的直徑有110米……」

　　突然，慕飛翔發現自己的失態，隨即補上說：「不好意思，我又犯了職業病，我是學建築的，追求時間、速度和精準是我的習慣，我說太多了，請問你是住天津哪裡呢？」

　　佟小雨突然嚇了一跳，怎麼有人這麼直接問自己是住哪裡呢？該告訴他嗎？要說自己住哪裡好呢？自己正在猶豫的思考，隨即慕飛翔似乎意識到自己再次的失態，用手打了自己的頭一下，說：「抱歉，抱歉，我似乎太失態了。第一次見面就想知道人家住哪兒？太失禮了。」

　　佟小雨覺得面前這個人很有趣，自己都還沒說話，他自己已

第一章

初識

原來是雨、

不是你

經說了一大篇了，好吧！既然他都有自己的解釋，自己也省得說明。所以自己只是說了一句：「幸會」。

這時候慕飛翔用手遮著嘴巴，做出講悄悄話的模樣，對佟小雨說：「不過，你這兒有糖和奶精嗎？咖啡實在太苦了！」

佟小雨瞬間漲紅了臉，因為剛才那杯咖啡是自己煮的，這個意思是說自己煮的咖啡很難喝嗎？

慕飛翔看著面前這個約莫20歲上下的女子，有著瓜子臉和秀氣的眉毛，白皙的皮膚，有種需要受人保護的感覺模樣，本來就很符合他想要追求的對象條件，他不知道自己是不是說錯了什麼，怎麼對面這個女孩的臉，瞬間在一秒之內漲紅了臉，讓本來白皙秀氣的臉，更添了幾分嬌羞。

佟小雨也學慕飛翔的動作，做出講悄悄話的模樣，對他說：「我也不知道，今天是我第一天上班，你等等我，我問一下老闆娘。」

老闆娘在不遠處看著這一切的發生，開心的大聲笑著說：「沒關係。」這一句沒關係似乎是在告訴佟小雨，凡事有第一次，煮得好不好喝都沒關係。也似乎在告訴慕飛翔，咖啡好不好喝可以明白的說出來，對於他剛才對佟小雨所說的話也是沒關係的。

老闆娘一邊走向櫃檯，一邊用手指了一下櫃檯桌面，「糖和奶精在右邊櫃子裡。」然後對慕飛翔說：「咖啡的苦是要讓人好

好體會苦當中的甘甜。」然後轉頭面對佟小雨說：「每個人可以接受的苦不一樣，就把糖和奶精給他吧！」

老闆娘對兩人笑笑，接著說：「既然說好，今日咖啡本店招待，你們兩個就去坐著吧！咖啡由我來煮。你們兩個難得在異鄉遇到都是天津人，就去聊聊家鄉事吧！」一邊說，一邊把小雨從櫃台裡面拉出來，推著要他們倆去坐著聊天。

慕飛翔抓到機會，也接著說：「好啊！謝謝老闆娘了！」然後面對小雨說：「來吧！」雙手攤開，做出一個請的動作，想要進一步了解佟小雨的心顯而易見。

佟小雨也不好意思推卻，被動的坐回位子上，才煮了一杯咖啡，又從工作者變成客人了。

但也感謝有這個機緣可以認識從天津來的慕飛翔，他的健談和開朗，著實讓自己省力許多，許多話都不用說，讓他發揮就是了。也不知道慕飛翔本身就愛聊天，還是因為喜歡自己？兩人聊天幾乎沒有冷場。講得更精確一點，與其說是在聊天，不如說是慕飛翔一個人在發揮，他對佟小雨的自我介紹，幾乎是從小學講到大學了，佟小雨對慕飛翔幾乎一日之內瞭若指掌。

晚餐時刻到了，假如不是老闆娘說要打烊休息，慕飛翔還不打算離開。在最後一刻，慕飛翔還不打算放棄，告訴佟小雨自己的手機號碼。

「小雨，這是你的手機嗎？」慕飛翔指著桌上的一隻紅色手

第一章
初識

原來是雨、
不是你

機問。

　　佟小雨微笑的點點頭。

　　慕飛翔主動把手機拿起來，按了按自己的手機號，然後按撥出鍵。聽見自己的手機響了，然後告訴小雨說：「這是我的手機號，有事就打給我，別客氣，我們是同鄉人，有事找我一定幫。」

　　佟小雨笑笑的點了點頭，輕輕的說：「好的，謝謝你！那我先去幫老闆娘囉！」

　　「好的！明天我再來找你。」慕飛翔有一點依依不捨，不太情願的往門口走。

　　老闆娘一邊清理著碗槽裡的杯子，一邊說：「看來這個小飛非常喜歡妳喔！」

　　佟小雨漲紅了臉：「才沒有呢！只是因為他鄉遇故知吧！所以突然很多話想說。」

　　老闆娘突然顯露出似乎有點不捨的情緒，對佟小雨說：「這家店就暫時麻煩妳看管了，今天我先到醫院住一晚，因為明天一大早就要開始做一次全身性的檢查，我兒子那邊可能沒辦法那麼快搞定。」

　　佟小雨這時突然很義氣，溫柔的安慰著老闆娘說：「老闆娘，妳放心，你安心養病去吧！我會照顧好這家店的。」

　　老闆娘停下手邊的工作，拉起佟小雨的手說：「不過，妳放

心，在一個月之內，我會盡量用可能的方法讓我兒子回來，在這一個月內你可以放心的住在這裡，這裡的任何東西你都可以用，就把它當作是你自己的家，別客氣喔！」

佟小雨突然在異地被一個第一天認識的人這樣的信任，突然有種莫名的感動，覺得自己無論如何，都得幫這個忙。

同樣這日的白天，在南部卻是大好天氣，今年可以說是個暖冬，冬天的太陽曬起來，讓人覺得溫暖，並不會覺得熱。

林志陽收到公司的分派，今天必須趕到南部一所大學診斷一棵大樹。這是一年一度的固定行程。對於當一位樹醫生來說，耐心和細心是很重要的。樹雖然不會說話，可是他們會經由葉子的多寡，光澤度和樹幹的含水量和潤澤度了解在地底下的莖是否健康？同時也要從環境觀察土壤是否適合大樹的生存？養分夠不夠？土壤的密度是否有所改變？除了這些外在條件的觀察和診斷，最重要的是對樹的愛心和耐心。

其實植物是有很大感受力的，若是你用心照顧它，有時快死掉的植物，因為你的愛心，它會起死回生。若是因為你討厭它，植物似乎也感受到自己不被喜愛一樣，會漸漸的枯萎、凋謝。

林志陽尤其喜歡這份工作，一部分是因為自己對人的反應總是摸不太清楚，反應也不夠快。另一部分，則是因為他的成長過

第一章
初識

原來是雨、

不是你

程不僅沒有多一點的同年齡朋友陪伴，還有，就是自己是爸媽的養子有關。雖然知道自己的母親是誰，還有目前狀況，但貼心的他不僅要顧及養父母的心情，也要努力找出可以讓自己照顧到自己親生母親的方法，這的確讓他有點煩惱。

在一棵大榕樹底下，看到林志陽正拿著放大鏡在照看著樹幹，很細心的看完之後，拿出夾在腋下的紙本，先是用中指推了一下在鼻樑上快滑落的眼鏡，然後拿出鉛筆在紙上快速的寫著。動作熟練，似乎已經很上手了！

這是一棵好幾十年的老榕樹，有企業認養照顧這一棵榕樹，同時這家企業也用這一棵樹的模樣來作為企業的識別，所以每年這家企業花在這棵樹的經費上百萬，每一家公司都想標到照顧這棵樹的工程。但雖然標到工程，有耐心實地去做好細心維護的卻沒幾人，因為這棵樹實在太大，要觀察的部分太多。要注意的細節也很多，重點要扛的責任實在太大，所以每年到這個時候，公司裡的人總是能推則推，沒幾個人想去做這個苦差事。

林志陽記好數據，再拿出放在腰帶間的工具套內的放大鏡，接著往下看，順著樹幹不斷的往下，到達地上浮出的樹莖，每一寸肌膚幾乎都逃不過他厲害的雙眼。

似乎觀察到什麼不一樣的地方，林志陽又把放大鏡放回去工具帶，然後再次拿夾在腋下的紙本來記錄。

再來就是要進入困難的量身材階段，每年要記錄這棵大樹長

胖了多少？然後來推估年輪已經幾圈了，由年輪來計算出真正的歲數。而量身材這種事，平常也不是多麼困難的事，只要兩個人一起，一個人拉住繩索的一頭，另一個人拉著繩索的另一頭繞著樹走一圈就沒事了，然後再把繩子拉直，用捲尺去測量繩子的長度，這樣就完成了。

但是今年沒有人願意接這個工作，於是林志陽是被上層直接分派任務，來完成今年大榕樹的體檢內容。林志陽也不覺得怎麼樣，一方面是自己的好脾氣，同事之間似乎只要不喜歡的，都會推給林志陽去完成。一方面林志陽在對樹這方面的確比一般人專業且細心許多，凡是別人看起來沒問題的，都會被細心的林志陽找出問題，達到預期的事先防範或治療，為公司搶救了好幾個案子。

今天，一如往常，林志陽又被派往南部，接下這個艱鉅且沒有人願意擔任的任務。反正自己本來就喜歡做這一份工作，樹的大小，在他的眼裡是一樣的，但其實他特別喜歡大樹，不僅覺得大樹就像上了年紀的老爺爺一樣，他可以跟老爺爺說很多自己的內心話，也可以跟老爺爺許願，不知道是不是自己的願望太小了，太容易實現了，因為幾乎自己跟大樹許的願望都會成真！

面對大榕樹的浩瀚，該做的檢查都做了，只剩下最後一項，量身材。

林志陽停下手邊的工作，把腋下的紙張和身上的工作背袋和

第一章
初識

原來是雨、
不是你

所有工具卸下，放在一旁。他實施了一個像是要舉行什麼儀式一樣的大動作，伸展雙手，讓雙手向兩旁伸開，與肩膀同高，感覺像是用雙手在簡單測量一下大樹的寬度一樣。接著他抬起自己的頭，讓自己的臉向上望向天空。陽光刺眼到讓人不禁閉上眼睛，林志陽做了一個深呼吸，感覺自己呼吸到冬天溫暖的陽光，也吸進大樹的能量。停了一會兒，林志陽放下雙手，慢慢的走近大樹，然後大大的擁抱大樹，大樹實在太大了，大約得20多人手牽手圍繞大樹一圈才可能抱得住吧！

與其說是林志陽抱住大樹，倒不如說是他把自己全身貼在大樹上。這種感覺像是把自己貼在樹上用鼻子吸取大樹的芬多精，也像是把自己靠在大樹上休息片刻！

停留了一會兒，林志陽重新張開眼睛，看了看大樹的全貌，看著大樹繁盛茂密的氣根，每一根又粗又長，感覺真的很像老爺爺的鬍子。

林志陽撥了撥大榕樹的氣根，感覺就像在玩老爺爺的鬍子，不知不覺就跟老榕樹講起話來了。

「老爺爺啊老爺爺，我可以跟你說說話嗎？我知道媽媽生病了，我想照顧媽媽，可是我也不能不照顧到現在爸媽的心情，怎麼辦好呢？」林志陽頓時像回到十歲的小朋友一樣，單純而孤單的跟老榕樹說著話。

林志陽堅信的眼神顯露出平時的堅定和對診斷樹的把握度，

對大樹說：「我知道我跟你許願就會成真！我相信你一定會給我機會照顧好媽媽的。就有勞您了，老爺爺！」

林志陽似乎進行了很重要的儀式，再次閉上眼睛，把自己全身貼在大樹身上。

「林志陽，你又在作夢了！」一個大喊，加一個力量落在林志陽的頭上。

林志陽似乎沒有被嚇到，只是緩緩張開眼睛，轉頭看著站在他背後的關建國。

關建國是林志陽從國中開始就認識的同學，只是關建國比較不喜歡讀書，愛玩，生平無大志的他，倒是對於追求女孩子很有一套，反應也很快，所以有很多朋友，喜歡他的女孩子也多，跟林志陽呆呆的樣子形成強烈對比。

關建國拍了拍手上的棒球帽，剛才他就是用自己手上這頂棒球帽打了林志陽的頭，對於林志陽的鎮定，關建國顯得浮動許多。關建國很不滿意林志陽沒有被他剛才的舉動嚇到，悻悻然的說：「我的風水大師，你又在許什麼願望啦？」

關建國今天的打扮，頭戴著一頂棒球帽，穿著一件大紅色的外套，裡邊卻只穿著一件薄薄的貼身白色短T恤，一件合身的牛仔褲，腳上穿著時髦的N開頭的紅色運動鞋。他的身高有一米七五，比林志陽的一米七八略矮了些，但比起女孩子回頭率，關建國明顯比林志陽高出許多，平時關建國的穿著也比林志陽時髦，總是

不被人看見會受不了的樣子出現。

　　關建國對於林志陽這樣的行為似乎見怪不怪，心裡大略也猜到林志陽在許願。但對於林志陽的工作，他總不認為是什麼正經的工作，所以他都叫林志陽風水大師，因為他都在大自然裡工作，跟風啊、水啊之類的沒什麼兩樣。

　　林志陽也不怎麼在意關建國怎麼叫他，因為自從國中到現在，朋友越來越少，反而越來越純，越來越清楚什麼是朋友。無論好壞都一起承擔，到現在也經過十幾個年頭了！

　　林志陽淡淡的說出自己內心的煩悶：「我媽病了！」

　　關建國一副訝異：「什麼時候的事？我怎麼不知道？昨天我看見她還好好的呀？怎麼會生病？生什麼病？」

　　關建國一連串的問林志陽一堆問題，根本不管林志陽有沒有回答？

　　林志陽又緩緩的說：「不是我現在的媽媽啦！是我親媽。」

　　關建國一直知道林志陽現在的爸媽是他的養父母，只是平常林志陽不談他自己小時候的事，更不談自己的親生父母的事，做為一個好朋友，關建國也一直謹守分際，不過問他不想談的事情。

　　今天既然林志陽自己提起，關建國也就不客氣了。關建國拍了林志陽的肩膀，他的手就放在林志陽的肩膀上，沒有要挪開的意思，問林志陽：「你現在打算怎麼辦？想怎麼做？兄弟幫

你。」

　　林志陽把關建國放在他肩膀上的手撥開，「我也不知道，我剛才就是為了這個事在跟大樹老爺爺許願。我想照顧親媽，但我也不想因此傷了我養父養母的心。」

　　林志陽從來都不知道養父和養母對自己親生父母的看法，只是感覺到每當他一問起自己的親生父母親，養父總會生氣，養母總是一副憂心忡忡的樣子，有時就莫名地哭了起來，問林志陽是不是想離開他們？也因此林志陽漸漸隨著年紀的增長，比較懂事了，學會不再向養父母問自己親生父母的事。所以這次親媽生病的事，也是輾轉從親媽託人帶話來的。除了知道親媽生病之外，還知道親媽要求自己回去接掌她的咖啡店，除此之外，再也沒有其他資訊了！

　　至於養父母對於林志陽問起自己親生父母事的反應就這麼大，更別提要回去接管親媽的咖啡店了。

　　關建國隨著林志陽的沮喪也低下了頭，思考了起來。兩個人就在大樹下坐了下來，林志陽玩著手上的放大鏡，不時的將放大鏡拿到眼前來，瞇起一隻眼睛，從放大鏡往外看，看過去都是糊的，這只是林志陽沒辦法時下意識的動作。

　　關建國看林志陽這樣就知道他又徬徨了，做為他義氣的兄弟，他一定是要幫林志陽這個忙的，只是怎麼辦，總該先了解狀況才行。所以他問林志陽：「現在你親媽狀況怎麼樣？病得嚴重

不是你

原來是雨、

初識

第一章

嗎？」

　　林志陽伸出他的右腳，往前搓了搓地上的土，然後說：「我也不知道。」

　　突然意識到不能在大樹下破壞大樹的環境，馬上起身又蹲下來把剛才搓掉的土又撥回原來的地方。

　　這時關建國似乎有了什麼決定似的，一把拉起蹲在地上的林志陽，「不管怎麼說，總要先去弄清楚狀況，今晚我們就去看看你親媽，看她狀況如何再決定怎麼做。」

　　林志陽頓時猶豫了一下，「可是……，我養父母那裡怎麼交代呢？」

　　關建國立刻說：「我們就等他們睡了再出發，反正他們老人家早睡，應該不是什麼大問題，我們瞞著他們去就是了。」

　　林志陽似乎找到救星一樣，握住關建國雙臂，「好兄弟，真不愧是多年兄弟，我的好同學。」

　　「哇靠，現在才承認我是你的好兄弟，好同學？你這個人也太慢熱了吧！」關建國誇張的往林志陽肩膀揍了一拳。

　　林志陽不好意思的抓了抓頭髮，「兄弟，不要這麼說，你每一次考試作弊還不是我挺你？我可是緊張得半死，要不是怕你畢不了業，我才不做這種偷雞摸狗的事情呢！」

　　關建國用右手攬住了林志陽的肩頭，「我懂，故意開你玩笑的啦！」接著關建國雙手拍了一下說：「那就這麼說定了，晚

上我到你家巷口等你，夜襲你親媽家，看看她現在到底狀況如何？」

　　林志陽不喜歡關建國有時江湖道上的味兒，立刻更正關建國，「是探視，不是夜襲，講得像是要去幹什麼壞事一樣。」

　　關建國還是不免用手掌拍了林志陽的肩膀：「好，好，好！是探視，不是夜襲。我的風水大師。」

　　林志陽再次更正他：「是樹醫生，不是風水大師。」

　　關建國一樣不改他捉狹的口氣，跟著林志陽說一遍：「好，好，是樹醫生，不是風水大師，得了吧？」

　　林志陽用力的回打了關建國肩膀：「喂，別鬧了！」

　　雖然林志陽這麼對關建國說，但心裡其實是很感謝有關建國這個朋友在的，被他這樣一鬧，心情也輕鬆了許多，重點是有了決定，而且有伴，有關建國陪他去「探視」親媽。

第一章
初識

原來是雨、
不是你

第二章／撞見

————

晚上，等林志陽的養父母入睡之後，兩人騎著機車上陽明山，已經是晚上快11點了。

冬天的陽明山本來就涼，再到晚上就更涼，偏偏今晚似乎有寒流來，溫度大約只有8度吧！

關建國用自己的125機車載著林志陽上陽明山，兩個壯男人顯得車子的馬力似乎有點不夠。加上天氣冷，兩人就騎得更慢一些，好不容易到了親媽的店，看到店門口的招牌寫著「原來‧緣來」。

林志陽拍拍關建國的肩膀：「停車，停車！應該是這裡了！」

關建國突然停下他的機車，突如其來的重力加速度，林志陽冷不防地往前將關建國推了一把，關建國差點被推下車變成林志陽騎車的模樣，畫面顯得有點滑稽。

關建國罵了林志陽一聲，林志陽示意他小聲一點，到了！

關建國看了眼前的招牌，跟著唸了一次：「『原來‧緣來』哇，這麼詩意的名字啊！」

林志陽拍了關建國的肩膀，把食指放在嘴唇上，示意關建國小聲一點。

　　兩個人輕輕地把摩托車停好，偷偷摸摸的，躡手躡腳的要開門走進去看看。在這座不起眼的咖啡店門口，看起來不是很安全，所以在要到店門口處之前還設了一個矮矮的鐵門，雖然高度不高，但也足夠擋住一個人的高度了，所謂的防君子不防小人。

　　林志陽走過去推了一下鐵門，發現鐵門緊緊鎖著的。

　　林志陽轉頭和關建國打了個照面，問他：「怎麼辦？是鎖著的。」

　　關建國不經思索立刻回答：「翻過去，怎麼辦？這麼簡單的事，你不會告訴我你沒當過兵吧！」

　　林志陽堅定的點了點頭：「好。」除了當兵，林志陽還真沒做過這樣的事，感覺有點偷雞摸狗。

　　關建國突然又拉住了林志陽問：「喂，裡面住的不是你親媽媽嗎？我們今天不是來探視她的嗎？為什麼不能正大光明的進去呀？還要這樣偷雞摸狗的翻牆像個賊似的。」

　　林志陽也很不喜歡這樣，但想起一切都還不能明朗，也還不能承諾親媽任何事，所以他覺得一切還是低調一點比較好，至少先看到媽媽現在情況如何，再來決定以後怎麼做？

　　關建國突然在這個時候非常有個性了起來，他任性地說：「不管，總之我不想這樣偷雞摸狗的做事，不喜歡這樣見你親

第二章
撞見

原來是雨、
不是你

媽，你先進去，然後再來給我開門。」

關建國想，從小到大從來沒有見過好朋友的親媽媽，第一次見面，就讓對方認定自己不是一個什麼樣的好朋友，他不要一開始就搬石頭砸自己的腳，因為比起關心好朋友的媽媽，他更在乎這十幾年來的友誼。

林志陽心想關建國都幫自己到了這裡，再勉強他也不好，而自己也不想因為門鎖著就放棄，於是決定第一次自己做感覺這麼偷雞摸狗的事情。

＊　　＊　　＊　　＊　　＊　　＊　　＊　　＊　　＊

這日晚上，老闆娘幫佟小雨打理好店裡的物品，告訴她店裡面的物品放置位置，帶領她熟悉一下環境，就打包簡單的行李到醫院去過夜了。

佟小雨以為自己的膽子很大，一個人住沒什麼問題，感覺就像租了一個很大的民宿一樣。可是沒想到一個人的時候，在靜下來的陽明山夜晚不是浪漫，反而是有點恐懼。

今晚小雨早早就上床了。想說明天要一個人開店。既然答應人家的事就一定要做到，所以早早上床睡覺，養精蓄銳！結果，沒想到反而睡不著。

想到今天白天認識的天津同鄉慕飛翔，打個電話找他聊聊好了。

　　「嘟……嘟……嘟……」聽著電話那頭響著，小雨突然很想把電話掛斷，心想白天才見面，晚上這麼晚又打電話給人家。會不會讓對方誤會啊？正當想把電話掛斷時，慕飛翔接起了電話。

　　「小雨，是你嗎？我正在想給你打電話，想說這麼晚，怕吵到妳，沒想到妳就打來了。有什麼事嗎？」慕飛翔熱情又快速的說著，他沒想到這麼快就可以接到小雨的來電，有點欣喜若狂。

　　佟小雨被慕飛翔這麼一說突然有點不好意思：「沒事啦！只是有點睡不著，可能是換了一個環境的關係吧！突然覺得睡不著。」

　　突然廚房傳來吭啷的一聲，感覺好像東西掉下來，嚇得小雨突然尖叫了一聲。

　　慕飛翔被小雨這麼突如其來的尖叫聲嚇了一跳。「小雨，小雨，你怎麼啦？」慕飛翔的心臟都快從心口跳出來了。

　　佟小雨用手拍拍自己的胸口，安撫自己，也像是在安撫電話那頭的慕飛翔，喃喃的說著：「沒事，沒事，可能是貓跑進來吧，聽起來好像有東西掉下來。」

　　慕飛翔放心不下，對著聽筒說：「你不要亂動，你等我，我馬上過去，我住附近，很快就到。」

第二章　撞見

原來是雨、不是你

另一頭在廚房裡，林志陽因為對環境的不熟，好不容易安全翻牆進來，卻在廚房裡輸給了鍋碗瓢盆，撞到了手肘，痛得他差點大叫，還好不是刀子，否則現在就是血流成河了。

　　在一陣劇動之後，林志陽站定了位置，原地適應一下光線，還好今天雖然不是滿月，至少還有月亮，藉著外面路燈和月亮投進屋裡的光線，適應一下黑暗，多少還是可以看見一些東西的。

　　林志陽可以肯定自己現在是在廚房裡了，隨手拿了一個平底鍋，用來遮臉，怕突然和媽媽來個正面相照，怕自己突然不知道怎麼回應好，有個東西可以擋總比什麼都沒有好，有種近鄉情怯的心理。

　　這時，佟小雨聽慕飛翔的話，躲在房裡，根本沒有勇氣出去看到底是怎麼一回事。

　　過了一段時間，來了一部汽車，關建國看見那輛汽車來到咖啡店門口突然停下來，看狀況是來咖啡店找人的，他連忙往旁邊一躲。他看見從汽車裡面出來一個非常體面的男人，身高約一米八，雖然燈光不是很亮，但看得出來這個人的品味不差，行動匆促，似乎很急。

　　汽車裡面的男人快速下車敲著鐵門：「小雨，小雨，是我，小飛，幫我開門一下。」

在屋裡的小雨好像突然聽到救星來臨一樣欣喜，隨便抓著一件外套披著就快跑出來，鞋子也沒來得及穿好，隨便穿著拖鞋就跑出來幫慕飛翔開門。

在廚房裡的林志陽聽到聲音，心想如何是好？是出去還是不出去？假如出去，這時候怎麼跟人家交代他是誰？怎麼進來的？進來做什麼？

若是不出去，那麼他應該怎麼辦？要躲哪裡？要躲到什麼時候？更何況關建國還在外面等他呢！怎麼辦呢？

就在林志陽遲疑的時候，似乎有人進來了。林志陽知道自己躲不過了，只好正面對決，可是對方根本不給他開口解釋的機會，只聽到一個帶著恐懼有點高音的女生大喊，「在那裡，在那裡，打他，打他！」

隨著小雨的大喊助陣，慕飛翔男性荷爾蒙都被激發了，一陣棍棒亂打之際，隨著林志陽剛才拿的平底鍋擋來擋去，棍棒和平底鍋交集的聲音在寧靜的陽明山上顯得巨大無比，就在這陣戰亂之際，突然聽到門口有人大喊：「開門，開門，我是警察！」

佟小雨聽到是警察到了，馬上去幫忙開門。

佟小雨開了門，看到關建國站在門口，不由分說直指廚房裡面：「小偷，小偷在裡面。」

關建國快速的往廚房移動，大喊「小偷在哪裡？」終止了一場混亂的打鬥。

第二章
撞見

原來是雨、不是你

關建國抓住慕飛翔手中的棍棒，然後一把拉起被打在地上的林志陽，然後丟掉他手中的平底鍋，拉著他就趕快往外快走，一邊走還大喊著：「跟我回警局！」

　　在一陣慌亂之後，佟小雨開了燈，看到在慕飛翔的腳邊不遠處躺著一隻棍棒，還有剛才小偷用來抵擋棍棒的平底鍋，平底鍋都凹了，可見得剛才慕飛翔是用了多大的力氣在毆打小偷。

　　在地上有一點一點的血跡，從血跡往上看上去才發現慕飛翔的手因為剛才毆打小偷使力太大，流血了。佟小雨尖叫了一聲，向前握住了慕飛翔的手：「小飛，你的手流血了！」

　　可能是因為經過剛才的共患難，所以讓佟小雨這一聲「小飛」叫得特別順口，而聽在慕飛翔的耳裡特別順耳，聽得慕飛翔心裡心花怒放。「沒事，沒事，小傷而已，擦個藥就沒事了！」

　　這時慕飛翔回頭看小雨，發現她情急之下把拖鞋穿反了，突然覺得她更可愛了！慕飛翔指指她的腳：「小雨，妳的鞋……」

　　佟小雨這時才發現自己腳上的拖鞋左右顛倒，想把它換回來正確的方向，一抬腳，「哎呀！好痛！」

　　「怎麼了？」慕飛翔連忙跑過去，蹲下來看小雨的腳：「可能是妳剛才太緊張，跑的時候把腳給拐了，沒事，我抱妳過去坐一會兒，我幫妳冰敷一下，等一會兒我載你到醫院急診。」

　　佟小雨突然變得害羞了起來，對於慕飛翔這麼溫柔的對待自己，突然被這麼一摸腳，都覺得不好意思，心裡頭有點小鹿亂

撞，急忙的撥開慕飛翔的手。「小飛，沒事的，我沒事，睡一覺，明天就好了！」

慕飛翔突然專制了起來：「不行，看你這個腳若是今天不處理，明天準腫得跟豬頭一樣，不能走路。你先坐著，我去冰箱拿冰塊。」不等小雨回應，慕飛翔逕自往廚房走，去找冰塊。

等慕飛翔拿冰塊回來，小雨讚美慕飛翔說：「還是你想得周到，不僅人趕過來，還記得先報警！」

慕飛翔本來蹲在地上幫小雨冰敷腳，這時候聽小雨這麼一說，突然抬起頭來，對小雨說：「我沒有報警啊！我急著過來看你，根本顧不得其他事了，我還以為是你報的警。」

這時兩個人才明白，兩人被擺了一道。

經過剛才一陣棍棒亂打，雖然說有平底鍋可以阻擋一下，但開打的那小子也不知道哪來的勁，隔著平底鍋林志陽還是可以感覺到對方的手勁，如此強大，難免手腕有點受傷的感覺。

林志陽用一隻手握著另一隻手的手腕，緩慢的扭轉著，紓解一下剛才的用力過猛，感覺似乎有點扭傷手腕，一邊扭著一邊跟關建國說：「好在你機靈，趕快進來救我，你怎麼知道我有危險？」

關建國誇張的說，「我知道你有危險？我是看見一輛奢華

第二章
撞見

原來是雨、

不是你

的汽車，開得很快，又急著停車，出來的人又急著跑步上去，我就想一定是裡面的人搬救兵來了。於是我就跟著上去了。我就說嘛，見自己的媽媽何不正大光明呢？搞得自己像個小偷似的，還受了傷，這不是得不償失嗎？」

似乎讓關建國逮到可以教訓林志陽的機會，平常都是林志陽在對關建國說教，現在剛好可以平一平關建國心裡積壓許久的不平衡。

林志陽因為手痛也沒有多說什麼，就趁這個機會讓關建國好好抒發抒發吧！

但說歸說，關建國突然覺得很奇怪，問林志陽說：「志陽，你說你媽的店裡怎麼突然會出現那麼年輕的女孩子？難不成是你的妹妹？那麼那個男的又是誰呢？是你妹妹的男朋友？」

林志陽也覺得很奇怪，他沒聽說過自己有什麼妹妹的，再說那麼大的聲響，不可能媽媽沒聽見，怎麼媽媽沒有出來呢？也許媽媽現在的身體狀況真的很不好，睡著了。而那個女人是來照顧媽媽的？或者是，真的是自己的妹妹？

關建國看林志陽的手似乎不太舒服，對林志陽說：「算了，你的手沒事吧？明天再來一趟吧！正大光明來當個客人，一切就明朗了！」關建國看著林志陽擔心的樣子，故意輕鬆的說：「沒事的，明天再來一趟吧！也許真的是你的妹妹，假如有一個這麼美的妹妹，記得，我要當你妹婿喔！」

林志陽收起擔心的情緒，告訴自己，一切明天就知道了！一定是妹妹，媽媽沒事的。他又轉頭跟關建國說：「建國，謝謝你今天陪我來，也謝謝你救我。」

　　關建國最不適應別人突然這個正經的謝謝他，尤其是多年的兄弟，關建國用手肘撞了一下林志陽的手肘：「三八，兄弟！說什麼謝。」

　　「哎呀！」這一撞，讓林志陽不禁叫了一聲，可能是剛才烏漆嘛黑掉進廚房時撞到手肘，又一陣混亂防擊，來不及顧及手肘，現在靜下來才感覺到痛。

　　關建國摸了摸林志陽的手關節，林志陽就痛得大叫。「不行，你這個傷現在得先去掛急診，否則明天就什麼事都不能做了。」

　　於是關建國再次發動他的125重型機車，對林志陽說：「上來！」

　　這時林志陽也不再抗拒，被動的上了車。

　　在經過慕飛翔的一陣溫柔冰敷之後，佟小雨的腳沒有那麼痛了。小雨想起剛才自己被慕飛翔抱著的感覺，哎呀！頓時覺得臉上挺燙的，這時候沒有鏡子可以照，否則一定看見自己通紅的臉。這是自己第一次被男人這樣抱，從小到大，沒有任何人碰過

第二章
撞見

原來是雨、

不是你

自己，雖然第一次是在這種危難的時候發生，還是覺得心兒蹦蹦跳，還在感覺剛才被抱著的感覺，突然被慕飛翔的問話拉回現在。「小雨，你還好嗎？我看妳整個臉好紅啊！」慕飛翔擔心的眼神，一邊開車，一邊轉頭不時的看向自己。

「喔！沒事兒，沒事兒，我只是想到剛才的情景，有點驚嚇。」小雨馬上收回自己的回憶和嬌羞，免得太失態了！

慕飛翔臉上還是一副擔憂的樣子，繼續追問，確認小雨的狀況：「你真的沒事吧？」

「真的沒事兒，我只是一時慌了！還好，有你趕來，否則我一個人還真的不知道怎麼辦？真的是太感謝你了。」

慕飛翔一派輕鬆：「小事，你佟小雨的事就是我慕飛翔的事，你再忍一會兒，醫院馬上就到了。」

聽到慕飛翔這麼一講，自己馬上被拉回現在，不行，不能看醫生。

「不行，佟小雨不能看醫生。」佟小雨很堅持的跟慕飛翔這麼講，慕飛翔有點想不通，用狐疑的眼神看著佟小雨。

佟小雨發現自己這麼講會讓人誤會，所以再次說：「我的意思是說，我從小到大都是健康寶寶，我不看醫生的，不可以打破我這個紀錄，所以我不能去看醫生。」

慕飛翔覺得小雨這個時候真可愛，還在堅持自己的紀錄。「算了吧！紀錄就讓他一直是紀錄吧！就讓它停在那哩，堅持這

個是沒有意義的」

　　這時小雨急了，發現這個方法並不能打消慕飛翔堅持帶自己去看醫生的念頭，所以另外再說：「還有，我不能看醫生，是因為我不能讓爸媽擔心，假如他們知道了怎麼辦？他們會想得很嚴重的。」

　　慕飛翔覺得小雨真的很可愛，他一邊開車，一邊一派輕鬆地轉頭告訴她：「妳不要告訴他們不就得了嗎？」

　　小雨拍打自己的頭，是喔！怎麼想出這麼個爛藉口。趕快換了一個：「可是，可是，我是來旅遊的，我沒有台灣的健保卡。」

　　「咱們不看卡，用現金。」

　　小雨不放棄，繼續說；「我沒有錢。」

　　慕飛翔只說了一句：「我知道了。」

　　「你知道了？你知道了什麼？」小雨緊張的問。

　　慕飛翔還是一派輕鬆的說：「你說你沒有錢啊，我知道了。」慕飛翔輕鬆的笑了幾聲，然後說：「其他的我不敢說，但至少錢這件事在我們慕家一直不是個問題，雖然現在沒有以前發達了，但我至少也是官家後代，還難不倒我。」

　　哎呀！自己怎麼忘了慕飛翔的背景呢？找了一個最不是藉口的藉口，在一路的你一言，我一語的攻訐答辯後就到了醫院，怎麼辦？到底自己要怎麼樣才能不看醫生？

不是你

原來是雨、

撞見

第二章

就這樣到了醫院門口時，關建國也騎著他的125機車，載著林志陽到了醫院門口。關建國把機車先暫停在一旁，讓病人下車，然後再自己去停車。

　　小雨本來堅持坐在車上不下車的，但一看到關建國扶著林志陽下車，然後再看著關建國轉身上了他的機車，整個身形和衣著，這明明就是剛才潛入店裡面那兩個人。

　　小雨這時趕快連忙下車，抓著林志陽的手，猛的一扭，把林志陽整個人轉過來和自己面對面，扭的力道過大，兩個人的臉幾乎差點碰上，距離近得差點嘴唇碰上嘴唇了。頓時空氣似乎凝結了一樣，小雨可以感受到林志陽的呼吸吐在自己臉上的溫度，尤其在冬天的深夜，更是寒冷，只要有一點點溫度都覺得溫暖。

　　小雨一時被這個陌生人的呼吸吸引，好像有魔力一樣。

　　林志陽被小雨這麼一扭，一開始還沒來得及反應，後來覺得痛，叫了一聲，小雨才放開一點，拉開了彼此的距離。但小雨可以感覺到自己熱燙的臉，心想這時自己的臉一定又漲紅了。

　　小雨仔細打量了面前這個男人，帶著一副黑框邊眼鏡，著實有點土。但看起來不像是當小偷的料，剛才會是他嗎？不過依身形和身高來看，應該是他，所以又扭緊了一下，然後大叫：「小偷，小偷！」

　　這時關建國剛好停好車小跑步過來，看到這一幕，雖然他不知道發生了什麼事，但他聽到對方一直喊林志陽是小偷，想必

是剛才那戶人家的人吧！他立刻上前幫林志陽解圍，對旁邊的人說：「沒事，沒事，小倆口吵架，他偷了她的心。」關建國忙轉身指了指林志陽，又轉身指了指佟小雨。

　　小雨這時候急了，怎麼會變成小倆口吵架呢？她看到關建國，所以又大喊：「騙子！騙子！」

　　關建國這時又忙著跟旁邊的人說：「騙子也是正常的，偷了她的心，接著不就是騙了她的人嗎？」

　　佟小雨急了，怎麼這樣呢？她看著林志陽左手扶著受傷的右手，分明就是他闖入店裡的，她氣急敗壞地抓起林志陽的左手用力一咬，把所有的氣往這一口裡邊兒發，咬得又大口，又用力，痛得林志陽大叫。林志陽被佟小雨咬住不放：「你這瘋女人，瘋子，痛啊！」

　　小雨被關建國硬拉開和林志陽的糾纏，小雨突然放聲大哭，「我要吃冰淇淋，我要吃冰淇淋！」

　　剛才去停車的慕飛翔現在才回到醫院門口，不知道發生了什麼事。慕飛翔在一旁突然不知道怎麼辦？只好安撫正在大哭的小雨，拍拍她的背：「好，好，好，小雨不哭喔，咱們去買冰淇淋。」

　　於是慕飛翔像是在安撫三歲小孩子一樣，安撫著小雨，把小雨帶離開醫院現場。

　　林志陽被小雨這麼一咬，本來就受傷的右手，感覺更痛了。

第二章
撞見

原來是雨、
不是你

但被咬的是左手啊！不管，明天一定要正大光明的去親媽的店裡弄清楚，也要去把這筆帳討回來！

　　關建國陪著林志陽進醫院，林志陽要求醫生一定要檢查仔細一點，他一定要跟對方討回來。醫生很仔細的檢查一遍發現右手除了外表的瘀青，骨頭還好沒有斷，只有一點點裂傷，但為了可以盡快好，建議還是一段時間先不要使用右手，所以還是幫林志陽打了一個三角巾，輔助他，固定手肘。明明左手手肘沒事，但因為被佟小雨剛才大大用力地咬了一口，反而比右手還痛，醫生也告訴他反而左手傷口要注意每天的清潔和消炎，否則有可能破傷風。

　　這個瘋女人，只有瘋了才會像狗一樣咬人，林志陽在心裡嘀咕著。

　　慕飛翔帶著佟小雨來到便利商店買冰淇淋，看著佟小雨坐在便利商店的位置上像個小孩一樣，開心地舔著冰淇淋甜筒。

　　慕飛翔對佟小雨是越來越喜愛了，他用憐愛的語氣告訴小雨：「這麼冷的天，除了便利商店，我還真不知道到那裡給你找冰淇淋呢！」

　　小雨是真心的喜歡吃冰淇淋，「謝謝你，小飛，今晚有你真好！」

慕飛翔關心小雨的腳：「你的腳沒事吧？」

小雨開朗的說：「沒事，真的沒事，我有冰淇淋吃就好啦！」假如知道自己吵著要吃冰淇淋，就可以不用去看醫生，早一點說要吃冰淇淋就好啦。可是假如沒有剛剛那兩個小偷和騙子，自己可能也不能在這裡吃冰淇淋，為了不看醫生，這樣說起來，自己也有點利用了他們，自己好像也是個騙子。頓時心裡覺得有一點對不起剛才那兩個小偷和騙子。

哎呀！管他的，有冰淇淋，先吃再說。佟小雨喜歡吃冰淇淋！

吃完冰淇淋，慕飛翔載佟小雨回到咖啡店，堅持把小雨抱進房裡，把她安頓好了才離開。

在慕飛翔離開之後，小雨起身，覺得今天的一切都太不可思議了，她要把它記錄下來才行，小雨坐到桌邊，從抽屜裡小心翼翼的拿出筆記本，翻開自己用書籤做記號的那一頁之後，她開始記錄起這一天的不可思議。

寫了一段時間，小雨闔上日記本，然後把日記本抱在懷裡，用很慎重和珍惜的語氣說：「佟小雨，你又過了很精彩的一天。」

然後，再把日記本小心翼翼地放回抽屜。再一拐一拐的回到床上，可能今晚太折騰了，眼皮似乎有千斤重，一躺下，感覺自己馬上受到周公的召喚，進入深深的睡眠。

第二章

撞見

原來是雨、

不是你

50

隔天早上，小雨睡得太熟了，被一陣門鈴聲吵醒。

　　小雨掙扎著從床上坐起來，哎呀！突然的劇痛，把自己拉回到現實。昨晚的一切都記起來了。摸著自己的右腳，好紅，好痛，腫腫的，還好昨晚慕飛翔幫自己先冰敷一下，否則今天一定不只是這樣。

　　小雨看了一下窗外，是小飛。怎麼可以讓他看到自己這個模樣呢？

　　小雨坐到桌前，照了一下鏡子，胡亂抓了一下頭髮，先給自己嘴唇塗了一下口紅，至少看起來有精神些。

　　小雨一拐一拐地走出房門，到屋外幫慕飛翔開門：「小飛，你怎麼這麼早就來了？她們是？」

　　慕飛翔不只是自己來，車內還載了三個女人，聽小雨這麼一問，就順勢說：「我想，你昨天腳受傷，今天一定不方便走路，假如今天咖啡店還要營業，你的腳怎麼受得了？所以我找我的同學來幫忙，她們都是我到台灣讀書認識的同學，她們人都很好，又熱情。」慕飛翔向他的車子方向招手：「喂，大家下來吧！」

　　三個妙齡女子，各有各的不同打扮，但可以看出都是經過精心設計過的，家庭背景相信也不同一般。

　　慕飛翔向她們招手，當三位女子來到慕飛翔身邊，其中一個首先就發話：「小飛，你說的就是這個小咖啡店啊？」聲音嬌滴滴，語氣似乎有點看不起咖啡店的規模。

「是啊！來，來，我跟你們介紹，這是小雨，這段時間她就是咖啡店的主人，她需要什麼，我們盡量幫忙她完成。」慕飛翔趁這個機會抓著小雨的手跟大家介紹。

這看在另外一個女子的眼裡很不是滋味，女子藉機摟住小飛的上手臂，把飛翔和小雨分開，「小飛，你都還沒介紹我們呢！」

「喔！是，這是妮妮！」慕飛翔趕快向小雨介紹摟住自己手臂的女子。然後轉向剛才發話的女孩子，對小雨說：「這是瀅瀅。」然後再介紹最後一位，「這是小米。」她們都是我班上同學，對我都很好，今天她們都是來幫忙妳的。

小雨禮貌地跟三個女子都打過招呼，然後請他們進店裡。

慕飛翔看小雨的樣子，應該是剛起床，應該也還沒吃早餐，於是拿出事先準備的早餐說：「小雨，我想你這裡應該一下子要準備早餐也麻煩，我先準備早餐過來，我們一起吃早餐吧！咖啡就這裡煮。我們等一下大家一起先吃早餐。」

還等不及小雨回應，三個不速之客立刻一起歡呼了起來：「哇！真好，小飛最貼心了！」

小雨突然有種頭蹦欲裂的感覺。

小雨只好被動地說：「好吧！你們先用，我先去梳洗一下就來。」躲進去洗手間，小雨面對著鏡子中的自己，突然覺得自己似乎還在夢中，還沒有醒過來的感覺，趕快開了水龍頭，嘩啦啦

第二章
撞見

原來是雨、
不是你

的水流還真強大，小雨立刻用雙手捧了一大把的水往自己的臉上潑，希望可以讓自己清醒，希望這一切只是夢境。

小雨可以看得出來，三個女孩子都很喜歡小飛，而且家庭背景都不錯，要她們來幫忙做事，想得美啊！不要變成自己要侍奉三個姑奶奶就好了。

但一想起剛才妮妮很順勢且輕鬆的攬住小飛的手臂，看在自己眼裡，心中還真不是滋味。小雨覺得自己似乎在吃醋。

反正就把她們當作是客人吧！至少一大早，小飛就幫他帶來了三位客人。理了理自己的情緒，也用最快的速度把自己打理好，小雨從洗手間出來時，已經看到她們坐在同一桌，吃起早餐，不知道小飛講了什麼笑話，把她們都逗樂了，大家笑成一團。還說是要來幫忙的，簡直是來聚餐的吧！

小雨剛整理好的情緒，看到這一幕，心中的不舒服感立刻升高，醋勁似乎也在變濃。覺得自己似乎會做出自己不能掌控的事。

小雨來到桌邊，站在小飛旁邊，用很小女人的口氣叫了一聲：「小飛。」

小飛看到小雨來了，立刻從座位上站起來，招呼小雨：「來，小雨，妳坐，我剛才在給他們講笑話呢，等你一起用早餐。」

小雨突然有種不甘示弱的情緒，刻意用比平常更溫柔，更軟

弱的口吻對慕飛翔說：「小飛，我覺得沒有喝咖啡就好像醒不過來，你可以幫我煮一杯咖啡嗎？」

慕飛翔突然意會過來，馬上對小雨說：「好，好，好，妳坐著，妳坐一下，我去幫妳煮咖啡。」慕飛翔一邊走向吧檯，一邊大聲的說：「大家應該都沒喝過我煮的咖啡吧？」

跟慕飛翔來的那一群女人同時都起鬨起來，澄澄首先說：「是啊！小飛原來還會煮咖啡呀？感覺又在我心裡更加分了。」

妮妮接著說：「噯呀，不論小飛做什麼都是很厲害的，我相信小飛煮的咖啡也一定很好喝。」

小米也不甘被忽視，立刻發聲：「小飛，你的第一杯咖啡要給我喔！我可是咖啡界的翹楚，我喝過的咖啡都會變成名牌咖啡喔！」

慕飛翔不覺得氣氛有異，接著小米的話講：「我又不開咖啡店，也不賣咖啡豆，變成名牌咖啡對我有什麼用啊？」

小雨漸漸升高的醋勁，慕飛翔竟沒有發現，還繼續跟他的女同學你一言，我一語的接著開玩笑。小雨實在很不喜歡這樣的慕飛翔，感覺就是一個花花公子。他的好人緣和體貼都不會是自己的，可能是大家的，而且這可能也會是日後彼此常常吵架的因素，在這個時候小雨突然開始不喜歡慕飛翔了。

「叮鈴……」隨著鈴噹聲音響起，大家都把眼光看向門口，玻璃門被推開，進來兩個男人。一個戴著黑框眼鏡，臉上一副斯

第二章

撞見

原來是雨、

不是你

文氣質，穿著一件淺灰色的毛線衣，裡邊搭著一件深藍色襯衫，襯衫的領子外翻在毛線衣外頭，然後搭一件簡單深色的牛仔褲，雖然不是時髦的穿著，但顯得實在多了。

另一個男人就顯得很時髦，一看就是很招搖的男人，一頂棒球帽，只是今天的不是昨天那頂深藍色的，但還是可以看得出來是昨天假扮警察的那一位。從他喜歡穿貼身的衣服，顯露他完美的胸肌線條，就可以推測應該有在上健身房，而且一樣喜歡穿貼身的褲子，顯露出他的臀大肌的結實。今天一樣是一件白色貼身T恤，只是換了不一樣的外套，今天穿了一件很亮的寶藍色棒球式外套！外套上的手臂位置還有一個很大的名牌標誌，似乎怕別人不知道他是穿什麼名牌似的。偏偏小雨就不是很喜歡這麼招搖的人。

這兩人進來，一開始很客氣地問：「大家好，首先自我介紹一下，我是關建國，請問一下，這家店的老闆娘是？」

所有的女人一同看向小雨，當小雨剛要站起來回話時，慕飛翔在吧檯那裡首先發話：「請問兩位找老闆娘有什麼事嗎？」

這時候心急的林志陽第一次沉不住氣：「我是這家店老闆娘的兒子，我叫林志陽，我來看我媽媽。」

頓時，大家都安靜了下來。三個女人不明就裡，也不知道昨晚有發生過什麼事，但慕飛翔和佟小雨昨晚打了人，小雨還咬了對方一口，這些事情都還歷歷在目。

慕飛翔從吧檯走出來，仔細上下打量了兩人，看到林志陽的右手還用三角巾固定著，然後有點不好意思的說：「請問……昨晚有兩個人深夜進入店裡，是你們兩位嗎？」

　　關建國首先臉上堆滿了笑容：「是，是，不好意思，一切都是誤會，誤會。昨晚我們兩個是來過店裡，可是……」感覺要解釋一大篇，似乎有點長，所以，關建國回歸正題說：「反正呢！事情就是想來看看我朋友林志陽他媽媽，昨天用的方法不對，所以今天重新上門拜訪。昨晚真是不好意思啊！」

　　其實，這樣說來，小雨也覺得不好意思，但本來就是他們自己方法不對，哪有自己要見媽媽，卻用這種偷偷摸摸的方法？雖然小雨自己心裡覺得不好意思，但口頭上就是不願意鬆口道歉，因為想到自己昨天還無理的咬了對方一大口，利用對方逃離醫院，現在想起來，覺得自己很丟臉，所以就刻意刁難起林志陽來。

　　小雨從座位上站起來，向兩人走過去，到了林志陽面前。小雨把自己的臉湊到林志陽面前，裝作很生氣的樣子：「怎麼？看媽媽是一件丟臉的事？要這麼偷偷摸摸的？」

　　林志陽很不習慣跟女性這麼近距離，再加上突然面對面的，他看到眼前這個女子，沒了昨晚的驚慌，看起來反而顯得有種清新的稚氣，看到她的瓜子臉上那兩片紅唇，肉肉的，吐出來的雖然是數落他的話，可是他想到的卻都是昨晚兩人差點嘴唇碰在一

第二章
撞見

原來是雨、
不是你

起的畫面，讓自己突然覺得臉上一熱，想必自己現在的臉上紅成一片。

林志陽為了掩飾自己的窘態，故意大聲沒好氣地問：「你又是誰啊？」

佟小雨並沒有放過林志陽，看到林志陽頓時臉紅的樣子，她沒有真正會意過來，以為自己說中對方的心裡事，所以更加靠近的數落他一番。「我是佟小雨，是你媽媽託我幫她管理這家咖啡店的人，你這個不肖子，老闆娘說要你回來接她這家咖啡店，硬是不回來，今天倒是想起媽媽來了？」

林志陽對於佟小雨的慢慢逼近，有點呼吸急促，自己馬上往後退了幾步！

這時關建國看林志陽有點招架不住，立刻挺身擋在兩人中間，對佟小雨說：「不好意思，我這個朋友比較不會說話，妳這樣一下子說這麼多，他還真答不出來。」關建國看看四周，「這樣吧！今天客人多，我們改天再來。我們只是想來問問老闆娘在不在？」

小雨這時候覺得再繼續折騰下去，不告訴對方也不道德，所以直接說：「老闆娘不在，住院去了。」

「住院？怎麼這麼嚴重？她怎麼了？是哪裡病了？住哪一家醫院？那一間病房？」林志陽一聽到小雨說自己的媽媽住院，心急了起來，一連串的問話讓小雨有點嚇一跳。

小雨對於林志陽一聽到媽媽住院的反應，她突然覺得自己似乎太壞了，故意製造緊張給對方。人家說孝順的孩子不會壞到哪裡去，小雨想，可能林志陽他真的有說不出來的苦衷吧！

小雨這時趕快緩和一下林志陽的心情：「也許沒有你想得那麼嚴重，老闆娘今天要做全身性的健康檢查，狀況如何，也得等檢查報告出來才知道，你別心急。」

林志陽聽小雨這麼一說，才鬆了一口氣，不過還是擔心媽媽。他又看向慕飛翔，好奇慕飛翔為什麼會這麼頻繁地出現在店裡？出現在佟小雨的身邊？他們兩個又是什麼樣的關係？這些都是林志陽想問的，但今天看來不是一個談話的好時機。

關建國看現場這麼多人也不適合再繼續待下去，問了醫院名稱，找個藉口，就把林志陽往外拉。

＊　　＊　　＊　　＊　　＊　　＊　　＊　　＊　　＊

林志陽離開咖啡店之後，收拾起心情，今天他還是得搭高鐵到南部，繼續他未完成的大樹檢測工作。

關建國也要回家補眠一下，他的工作是健身房的健身教練，工作總是在下午之後才開始。早上通常是他自己的健身時間，但經過昨晚一夜的折騰，今天又早起去咖啡店，索性就給自己放懶一天，回家補眠，睡大頭覺去吧！

第二章
撞見

原來是雨、
不是你

林志陽來到艷陽高照的南部，雖然是冬天，但南北依然有溫差，在台北還穿著毛線衣，但到了南部，可能只需要一件厚一點的襯衫就可以。尤其林志陽的工作通常都是在大太陽底下，頂多有時可以在樹下歇息，偷一點涼快。

　　林志陽脫掉他的灰色毛線衣，顯露出來的是深藍色的襯衫，搭配牛仔褲，感覺不像同年紀的一樣活潑，但卻顯得有一份醫生的沉穩，雖然他看的是樹，不是人。在他身上有一種大自然的味道，一種質樸。林志陽不是讓人一見就立刻發現他的人，但卻會因為隨著時間長久的相處，發現他溫暖的一面，他對樹的細心和體貼，一樣融入在生活中，只是因為反應不夠快，所以他總是慢半拍的思考，慢半拍的講話速度，和慢半拍的喜歡一個人。

　　今天林志陽一樣認真的拿著放大鏡觀察樹幹上的每一寸「肌膚」，觀察每一片樹皮，深怕因為自己的疏失，漏了什麼訊號。可是不論自己多麼的專注，出現在眼前的好像都不是樹皮，腦袋裡總是盤旋著佟小雨那兩片肉肉的粉紅色嘴唇。

　　林志陽從來就沒有談過戀愛，他不知道自己是怎麼了？這是自己以前從來沒有的感覺。他似乎還可以感覺到在醫院門口，佟小雨一把扭住自己的手，把自己拉向她，兩人的臉近距離到幾乎可以聽見彼此心跳的聲音，自己呼吸急促到猛吐氣，看到自己把氣吐在她臉上，她臉上的細毛髮絲隨著自己吐出來的氣飛揚，看到她紅通通的臉加上那兩片紅唇，實在可愛極了！今天林志陽總

是靜不下心來工作，只好放下手邊工作。

林志陽又做起他朝聖似的儀式動作，伸展開他的雙手，把頭往天空上抬，深呼吸一口氣，然後把自己的全身貼上大樹，他今天要跟老爺爺講的話，不是跟媽媽有關，而是跟佟小雨有關。

* * * * * * * * *

隔天，經過一整天整理心情，林志陽決定好好面對媽媽生病這件事情，也要好好認識佟小雨，媽媽為什麼會把咖啡店交給她管理呢？而佟小雨和慕飛翔又是什麼關係呢？

林志陽來到媽媽的咖啡店，猶豫了一下，提起勇氣，推開玻璃門，「叮鈴……」鈴噹的聲音還沒有完全靜止下來，就聽到了一個悅耳，甜甜的聲音喊：「歡迎光臨！請問……」

小雨從吧檯後方站起來，往門口方向看去，正要招呼客人的話還沒說出口，看到是林志陽進來，故意裝出一副生氣的樣子。「怎麼？今天不用帶兄弟出場呀？」

林志陽本來就不是一個反應快的人，一下子被小雨這麼一說，還真不知道怎麼回應她，就當作沒聽見吧！不吭聲。

佟小雨看林志陽一副不知所措的樣子，感覺自己似乎太過分了，來者是客，更何況這是她媽媽的咖啡店，老闆娘還希望他可以回家接管這家店呢！現在自己這個態度，顯得似乎自己才是這

不是你
原來是雨、

撞見

第二章

家店的所有者。

　　小雨清清自己的喉嚨，轉了一下口氣，招待林志陽坐下，送給林志陽一本菜單，然後說：「菜單只是給你參考和了解老闆娘的營業項目，我可不會做，老闆娘只教會我煮一種咖啡，你自己先隨處看看，我去給你煮咖啡。」

　　林志陽翻開菜單，看到媽媽取的咖啡名都好陽光，好溫暖，就像自己的名字一樣。林志陽仔細的慢慢的看完菜單，然後站起來在店裡面四處看牆上貼的字句：

　　「冬季到台北來看雨，別在異鄉哭泣」

　　「冬季到台北來看雨，夢是唯一行李」

　　「冬季到台北來看雨，也許會遇見你」

　　林志陽在這些句子面前待了好久，佟小雨一邊煮咖啡，一邊觀察林志陽，感覺他似乎對自己的媽媽好陌生。看到他在那些字句面前停了好久，感覺若有所思。過了一會兒，佟小雨主動打破沉默：「那些句子很美吧！我當時就是愛上這幾句話，感覺似乎有許多故事。於是決定答應老闆娘的請求，幫她管理這一家咖啡店，等你回心轉意回來接管這一家店。」

　　「謝謝你！」林志陽輕輕地說了一句，不知道是在謝謝她答應媽媽的託負？還是在謝謝她幫忙管理這家咖啡店？

　　對於林志陽的沉靜，和一句溫暖的謝謝，佟小雨頓時覺得眼前這個男人心裡似乎有很多的話想說，卻沒有人可以說。也許

是女性的母愛作祟，佟小雨突然很想照顧這個男人，想要多了解他。

佟小雨端著兩杯咖啡回到座位，林志陽也回到座位上坐好，看著佟小雨端著咖啡走路一拐一拐的，有點不好意思。林志陽馬上又起身上前去幫她端咖啡：「不好意思，昨天來得匆促，沒來得及好好說話，又害你的腳受傷，我……，我……」

佟小雨看林志陽講話吞吞吐吐，不知道怎麼道歉，突然覺得他很可愛，也就幫他接話：「沒事兒的，從小時候我就常常受傷，常常不小心，這也是我自己太心急才拐了的，不關你的事，來，喝一杯咖啡吧！」小雨把咖啡推向林志陽，看見林志陽伸出左手來接咖啡，手一伸長，手腕就露出袖口外，看見自己在林志陽手上烙下的深深牙印，反而讓佟小雨覺得很不好意思。

佟小雨用手指微微的指了一下林志陽的手腕，輕輕咬著自己的嘴唇，然後對林志陽說：「那個……對不起！我不是故意的，我當時只是……只是……」這個時候換自己辭窮了。

林志陽看著自己的手腕，知道佟小雨是在為這個牙齒印道歉，他立即拉了一下袖口，把它蓋住，然後說：「沒關係，沒關係，一切都是誤會，這沒什麼，我小時候本來也就常受傷，這也沒什麼。」這時兩個人突然都異常的客氣起來。

林志陽想起當時佟小雨不明不白的就抓起自己的手猛力咬下去，然後就大哭著說要吃冰淇淋，現在想起來就覺得好笑，也

不是你　原來是雨、　撞見　第二章

覺得佟小雨很可愛。兩人在這段時間都對彼此開始有了好感，聊了一會兒，小雨告訴他自己跟老闆娘的相遇，以及和慕飛翔的認識，再來就是後續的事件，林志陽都有參與到了。

佟小雨似乎想到了一件事，就是當時老闆娘在帶她認識環境時，曾經跟她提到院子裡有一棵大樹，是當時生下志陽時，志陽的爸爸幫志陽種下的，現在志陽爸爸不在了，志陽也不在老闆娘的身邊，所以那棵樹對老闆娘很重要，是一種思念，一種記憶。

那棵大樹不僅記憶著老闆娘和志陽爸爸的相戀，也記憶著剛生下志陽時的滿好。所以小雨提議要帶志陽去看看那棵樹。

志陽主動從位置上起身，然後走到小雨的旁邊，伸出自己的左手說：「我看你右腳受傷，不方便，你扶著我走吧！免得又跌倒了！」

志陽一伸出左手就露出了小雨的咬痕，小雨站起身扶著志陽的手，面對志陽的體貼和溫暖，小雨看到志陽手上那明顯又深刻的咬痕，突然覺得很對不起志陽，小雨輕輕撫摸著這個咬痕，再一次對志陽說對不起。

志陽為了化解尷尬，清了清喉嚨說：「這樣剛好，我的右手受傷，你的右腳受傷，我的左手當你的右腳，你的右手就當我的左腳。」志陽有點語無倫次，講話有點不符合邏輯，左右和手腳都分不清楚，反正就是一起走的意思。志陽從來沒有這麼不規則過，他覺得一切都是因為眼前這個人起的變化。他開始覺得喜歡

和她近距離的接觸，喜歡小雨輕輕撫摸他的牙齒印記，這種溫柔的感覺是自己從來沒有感受過的，隨著小雨輕輕撫摸，肌膚似乎都起雞皮疙瘩了起來，有種被電到的感覺，甚至因此可以聞到小雨身上有股清新的味道。

志陽希望這一段路可以遠一點，他想要當小雨的扶手久一點，他喜歡小雨身上的味道，小雨的高度若是靠在自己的身上，頭部的高度剛好是靠在自己肩膀的位置，若是靠在自己的胸膛，高度也剛好，想到這裡，志陽不由得身體熱了起來，轉頭對小雨說：「怎麼感覺好熱喔！」

小雨抬頭看著志陽，張著圓滾滾的雙眼，回答：「是嗎？那我走快一點，樹下會涼快一些。」

志陽立刻說：「不，不，你慢慢走就好了，等一下不小心又拐了另一隻腳就麻煩了。」其實志陽恨不得這條路一直走不到盡頭，可以讓自己跟小雨近距離接觸久一點。

來到大樹面前，志陽扶著小雨到大樹下靠著樹幹坐著。

小雨緩緩的對志陽說出老闆娘對志陽的思念，以及當時老闆娘因為跟志陽爸爸離婚，因為環境因素，無法獨力扶養志陽，所以把志陽交給親戚扶養的過程。

志陽聽著小雨說出自己親媽對自己的思念和不捨，志陽以往對爸媽的不解和誤會，也暫時得以抒解。

志陽走到距離大樹前面一段距離，這樣才可以看到整棵大

第二章

撞見

原來是雨、

不是你

樹的全貌。媽媽把這棵大樹照顧得很好，每一片葉子在大太陽底下，似乎都發出翠綠的光芒，生氣蓬勃。

然後，志陽掏出隨身攜帶的小放大鏡，走近樹幹，在小雨身旁蹲下來，然後拿著放大鏡很仔細的觀看樹幹上的每一片樹皮。

小雨看志陽這一連串的動作，似乎在欣賞，又似乎在檢查什麼，好奇的問志陽：「你在做什麼？」

「喔！我在幫樹做健康檢查，我媽媽沒有跟你提過我的工作嗎？」志陽沒有抬頭，繼續專注的在觀察大樹的每一寸肌膚。

小雨看志陽一副專注的樣子，被他的專注所吸引。

志陽過了一陣子沒聽到小雨的聲音，才抬起頭來看小雨，小雨沒說話，只是微笑的對志陽搖了搖頭。

志陽把放大鏡收起來，放進上衣口袋。然後在小雨身邊坐了下來，拍了拍雙手，然後說：「我是個樹醫生，專門診治各種大樹，從大樹的病徵診斷和預防，到病理的治療都要做，很多大樹是很多人的記憶，假如沒了這些大樹，好像跟它有關的記憶也都會不見似的，所以與其說我在搶救大樹，倒不如說我是在搶救很多人的記憶。」

小雨坐在樹下，看著志陽這一切的行為，再加上志陽對自己工作的認同，聽他說著說著，覺得自己對眼前這個男人的好感又增加了許多。

志陽看著小雨沒接話，自己又接著說：「就像一個人的名字

一樣，名字也是一種期許和記憶，我只知道當時我爸爸幫我取志陽這個名字的時候，就是希望我的生活天天都是晴天，因為天晴就會有陽光，他也希望我的志向能像陽光一樣正向有活力。」說完，志陽轉頭向小雨，給小雨一個很陽光的笑容。

小雨突然有點錯亂，他覺得被這個笑容給迷住了，嘴巴呢喃著：「天晴？」

志陽用力的點點頭：「是的，天晴就會有陽光。」然後低下頭接著說：「因為我是冬天出生的，冬天的台北幾乎都在下雨，我爸爸突然很希望可以看見陽光，所以希望可以天天是晴天。」說完自己突然覺得爸爸的想法很單純，很好玩，所以轉頭問小雨：「是不是很好笑？我的名字就是這麼來的。」

小雨著急地猛左右轉頭，「不會，不會。」然後用很低的音量，幾乎聽不見的說：「反而覺得有種命中注定的感覺。」

志陽聽不見小雨說的話，突然大聲一點問：「什麼？」

「沒事，我只是突然想到一個人，以後有機會再說。」小雨連忙搖頭。

志陽看小雨不時的拉拉自己身上的小外套，他發現時間很快就過去了，天色變暗，氣溫也降低了許多，小雨身上的小外套也太薄了！於是志陽主動起身，伸出左手對坐在地上的小雨說：「走吧！我們進去吧！再不進去你要感冒了。」

「好！」小雨伸出手來抓住志陽的手，志陽沒想到小雨的體

第二章
撞見

原來是雨、
不是你

66

重那麼輕，再加上平常自己慣用右手，一時用左手，想說必須多使一點力才行，結果沒掌握好力道，反而把小雨一把拉進自己的懷裡。

頓時兩人都被這樣的情景愣住了！當小雨整個往志陽懷裡撲時，胸膛真是寬闊，志陽總是愛穿毛衣，毛衣的質感給了小雨及時的溫暖，正確的來說應該是志陽的溫度，隨然隔著毛衣，小雨還是可以感受到志陽的溫度，和有彈性的肌肉，胸大肌的突起，小雨其實不希望離開這樣的胸膛。反倒是志陽很不好意思，趕快把小雨推離開自己，害小雨差點站不住跌倒，連忙志陽又拉住小雨，然後連忙跟小雨道歉：「不好意思，不好意思，我不是故意的，我不知道你這麼輕，再加上我平常慣用右手，左手總是不好控制力道……」

小雨看志陽急著解釋，整個臉都漲紅，樣子真是可愛，想想面前的男人，歲數應該也比自己大好幾歲吧？怎麼看起來卻是像一個大男孩似的，對於志陽對自己的尊重和珍惜，小雨感到自己變得更小女人了！

「沒事的，我們進去吧！」小雨刻意的輕鬆，想要化解尷尬，然後對志陽說：「還不快點扶我進去，人家快冷死了！」

志陽這時才回過神說：「喔！好，好，是，是，走吧！我們進屋裡去吧！」

志陽覺得也打擾小雨太久了，必須讓她休息一下。還好，媽

媽的咖啡店之前因為休息了好長一段時間，本來就沒什麼客人，交給小雨暫時幫忙看管，其實也只是希望有個人在「家」，可以讓自己有時間思考是否回家來接管這家咖啡店，否則這個時候要小雨一個人來忙一家咖啡店的生意，實在是太為難她了。

　　進屋裡坐下之後，志陽想倒一杯溫熱開水給小雨，卻不知道杯子在哪裡？開水在哪裡？

　　小雨指引他東西放置的位置，然後等志陽拿來溫開水之後，喝了一口，跟志陽說：「這樣吧！假如你工作不忙的時候，就常來店裡坐坐吧！我開始帶你熟悉一下這家店，畢竟這家店未來也是你的，至於你接不接？那以後你再自己跟阿姨說吧！」小雨突然發現自己稱呼志陽的媽媽，從老闆娘變成阿姨了！自己對志陽的好感也一直增加。

　　志陽也點點頭，接不接這家店是以後的事，但今天跟小雨的相處，讓志陽決定日後要常常找時間來，今天若不是因為男人的面子問題，不想自己變成死纏爛打一族，否則還真想賴著不走。

　　志陽跟小雨做好了約定，志陽依依不捨的離開了咖啡店。

　　＊　　　＊　　　＊　　　＊　　　＊　　　＊　　　＊　　　＊　　　＊

　　志陽離開了咖啡店，心想剛才跟小雨相處的經過，和他此刻的心情，他一定得找自己的哥兒們說說才行，否則他今晚一定會

第二章
撞見

原來是雨、
不是你

68

睡不著。

志陽拿起了手機，發了Line訊息給關建國，「在哪裡？」

關建國此時正在健身房工作，一個壯漢雙手正舉著一顆沉重的啞鈴，關建國對著壯漢數數字：「5、6、7、8……好，做得很好，再來一次！」

這個時候突然聽到手機的訊息聲，「啾～」關建國拿起來一看，是林志陽找他。然後他對壯漢說：「很好，這個動作再重複三次，每一次數10下。」然後轉身拿起手機偷偷地回了一下訊息，「當然是上班啦！還能在哪裡？」

林志陽等了片刻，不知道是自己的心太急？還是自己現在的耐性變差了？看到關建國的訊息，立刻再回他：「晚上請假吧！陪我一起吃飯。」

關建國自己嘀咕了一下，怪了，怪了，平時這個小子最注重工作的，今天竟然會主動找我吃飯，還要我請假陪他吃飯？關建國眼球左右轉了轉，突然想起什麼事，立刻從手機聯絡人裡找到連云馨的Line，發了一個訊息給她：「晚上志陽找吃飯，地點再發給妳，記得把時間空出來喔！別再說我都不幫妳。」

然後，關建國再回林志陽訊息：「沒問題，哥兒們找，一定到，時間？地點？」

志陽看到關建國的回訊，實在等不及，立刻回他：「現在，老地方。」

關建國看到志陽的訊息，這麼急？現在？這小子一定有什麼事。好吧！轉身，關建國回到壯漢身邊，跟他說：「兄弟，不好意思，今天我有要事，先走一步，你的教練費我給你打折扣，要不然下次把時數補給你，看你想怎麼樣，你說了算。」

　　關建國根本沒有等壯漢回答，自己抓起一旁的外套就逕自往門口走出去。

　　關建國用最快的速度來到平常和志陽最常聚會的老地方「先進海產店」，店名說是先進海產店，其實一點都不先進，連廁所都還是要上階梯，爬幾層樓梯才能到的地方，房子是很古老的傳統透天式建築，牆壁上除了每年會用油漆重新粉刷一遍，看起來比較乾淨之外，實在看不出來哪裡先進？連點餐都是用最傳統的人工寫單的方式，但怎麼點餐還真的得有一點經驗。因為店裡沒有任何餐點名字，純粹想吃什麼？就到店門口擺放海產的地方點，點了哪些海產，老闆自動會把它變成佳餚放在客人桌上，至於口味和分量多少，都是老闆看客人數目自己決定，你就是信任老闆抓得準確你的口味和食量就是了。

　　也許你會懷疑這樣的經營方式，但先進海產卻是用這樣的方式和他獨特的烹飪技術，贏得了口碑，若是沒有事先預訂座位，還真的得碰碰運氣才吃得到呢！林志陽和關建國已經是先進海產

第二章　撞見

原來是雨、不是你

70

的老客戶了，再加上去先進海產也不占什麼位置，就是兩個人吃個飯，吃飽就走了，所以老闆再忙，再沒位置，也會特別幫他們挪出兩個空位來！頂多就是坐在離門口近一些，而林志陽和關建國也從來不在乎位置好壞，純粹就是喜歡吃先進海產的東西，無所謂。

但今天不同，林志陽早早跑到先進海產等關建國，因為他今天需要好位置，他有許多想跟兄弟講的話，不想太多人聽到，所以想要裡邊兒一點的位置。

關建國到先進海產，看到林志陽已經在裡面坐好等他到來。關建國心裡嘀咕：「這小子，今天是吃了什麼藥？這麼反常？平常都是自己在等他的，今天反倒是他在等我？」

關建國看到了桌上已經備好兩瓶啤酒，一瓶已經開了，林志陽已經自己先喝了好幾杯。這真是怪了！平常要人家勸酒的人，今天倒是喝起酒來了。

關建國拿起已經開瓶的啤酒，往自己的杯子裡倒，喝了一口，「說吧！兄弟，再不說，我看你都快要憋死了！」這所有的反常行為，是關建國認識林志陽以來從沒見過的。

林志陽又拿起自己面前的酒杯，一乾而淨。「兄弟，我覺得我談戀愛了！」

關建國愣了一下，然後哈哈大笑了起來。「兄弟，你知道什麼是談戀愛嗎？打從我們兩個認識以來，我覺得你不是樹醫生，

根本就是一棵樹。」關建國誇張的笑著林志陽，但看著林志陽認真的表情，正經的模樣，他知道這次是真的。

　　林志陽又喝了一杯啤酒，也許是因為想要藉著酒精把自己的情緒宣洩，也或許必須藉著酒精，他才可以說出今天所有的感受。林志陽一反常態，說了許多話，也說了許多平常不太會表態的心情。

　　這個時候門口出現一個妙齡女子，打扮時髦，看起來就是富家女，因為外在打扮看起來都是高檔貨。「關建國！」她大步走進海產店。

　　關建國看到她，連忙招手：「連云馨，這裡。」

　　連云馨是富家千金，從小要做什麼就做什麼，父母為了栽培她，在她身上花了不少錢，送她出國念書，從小要學什麼才藝就學什麼才藝，後來走上服裝設計，在歐洲也開過幾場個人的服裝設計秀，有一年夏天回台北玩，因為關建國認識了木訥的林志陽。覺得林志陽的氣質跟一般男人都不一樣，於是決定不回歐洲了，留在台北發展，連家一人也很開心，女兒願意留在身邊陪父母，說什麼也都不會趕她走。

　　關建國知道連云馨喜歡林志陽，所以只要有機會和林志陽見面，關建國一定通知連云馨。今天連云馨也盡快趕到先進海產。

　　連云馨一坐下來，就自己給自己倒了一杯啤酒，她不像一般的女孩子扭扭捏捏，畢竟是出國去喝過洋墨水的。

第二章
撞見

原來是雨、
不是你

72

連云馨拿起酒杯，對著林志陽說：「志陽哥哥，我敬你。我今天晚上本來有一場服裝發表會要忙，好在我已經事先就交代好了，為了你，我說什麼也得趕過來和你們一起喝一杯。」

　　林志陽似乎有點醉了，他並沒有拿起酒杯，反而是有點低著頭，像是睡著了！

　　連云馨看向關建國。

　　關建國只是搖搖頭，說：「晚了！」

　　關建國在聽完林志陽今天說的一番話之後，這一聲晚了，不僅在說連云馨晚了，沒機會了。也在說連云馨今天來得太晚了！另外也有一層意義，這緣分，連云馨是晚了，追不上了。

第三章／追求

———

　　一大早，林志陽家門口就停了一輛紅色法拉利跑車，在林志陽家附近是不常看見這樣的車子的，所以任誰看到了，都會忍不住多看幾眼，甚至議論紛紛，車主是誰？長什麼樣子？

　　連云馨坐在車內等著林志陽出門，他知道平時林志陽出門時間，但經過昨晚先進海產店的聚會之後，她知道自己不能再這樣默默的等待林志陽看見自己了，她必須要主動出擊。

　　今天連云馨刻意低調打扮，穿了一件粗布襯衫，一件牛仔褲，只戴上一副寶格麗的墨鏡，和一只寶璣那不勒斯王后手錶，其他手飾都不戴。雖然說已經刻意低調，但車子說實在，這種大紅色不讓人看見都不行。而墨鏡和手錶，即使不懂品牌的人看了，也可以感覺到並不平凡。

　　林志陽從家門口開門出來！連云馨立刻開了車門跳下車：「志陽哥哥，我今天特地來等你。」

　　林志陽一直知道連云馨對自己有好感，但她並不是自己喜歡的型，所以她對連云馨一直保持距離，雖然不會給她壞臉色看，但也不會對她熱情，免得耽誤到人家，這是林志陽覺得作為一個人最基本的禮貌和尊重。

第三章
追求

原來是雨、
不是你

他看連云馨那麼早就來家門口等自己，想必有什麼事。

林志陽問連云馨：「這麼早來找我有什麼事嗎？」

連云馨覺得自己有點委屈，有點撒嬌的說：「志陽哥哥，你都忘了，昨天晚上在先進海產店我們說好了，今天帶你去看一棵百年老樹呀！」

林志陽摸摸自己的頭，昨晚除了跟關建國說的話之外，至於昨晚自己到底還說了什麼，根本都不記得了。

林志陽對連云馨說抱歉：「昨晚可能是喝醉了，我說過什麼真的是記不得了，我今天有很重要的行程，不然，改天好了！」

連云馨這次是鐵了心跟林志陽凹上了，不論他要去哪裡，她都要跟，所以她就跟林志陽說：「不管啦！反正志陽哥哥，你要去哪裡，我都要跟，我陪你去，上車吧！」

連云馨不等林志陽的回應，就把他推向自己的車，並且幫他開了車門。林志陽搖了搖頭，頓了一下，算了，也就上了車。

一路上，連云馨好開心，不斷的跟林志陽說她昨晚的服裝發表會有多成功，不斷的跟林志陽分享她的喜悅，為的是不想要林志陽看她跟看一般的富家女一樣，以為只有金錢，只有家庭背景。最重要的是，她希望林志陽可以看到自己的才華和能力，足以在國際舞台上占一席之地。

路上，連云馨並不知道林志陽要去哪裡，只是照著林志陽給的地址走，連云馨發現是上陽明山的路，她越發欣喜的講話，因

為陽明山是一個談戀愛的好地方，不管是氣溫還是空氣，最適合情侶的感情升溫。

冬天的陽明山上氣溫低，情侶總是貼近身子一起取暖，空氣中總帶有一點點濕氣，講起話來，口中散發的熱氣會讓周遭的空氣產生霧氣，這樣的氣氛看彼此，總是多了一點浪漫。

隨著時間的過去，地圖指引到了目的地，是一家咖啡店，招牌上寫著：「原來‧緣來」，連云馨照著招牌上的字念了一遍。

然後轉頭問：「志陽哥哥，你要來的地方是這裡嗎？這名字取得真好！」

林志陽感謝連云馨載他過來，但他並不想讓小雨誤會他和連云馨，所以並沒有立即下車，反而轉身先謝謝連云馨載他到咖啡店。

但連云馨似乎沒有要放棄的意思，眼神堅定的表示，今天註定要跟定他了。

林志陽實在拿連云馨沒辦法，好吧！只好下車，跟連云馨一起進入咖啡店。

一進入店裡，發現慕飛翔已經在裡面，他帶來早餐正和小雨有說有笑的一起吃早餐，不知道為什麼，林志陽感覺特別不舒服，這個畫面看在林志陽眼裡實在不是滋味。

連云馨似乎感受到林志陽的改變，所以主動的跟裡面的人打招呼：「哈囉，大家早！」

第三章
追求

原來是雨、
不是你

這時候小雨和慕飛翔才發現屋裡進來了人，聊得太開心，慕飛翔笑得太大聲，以至於兩人都沒注意聽到門上的鈴噹聲。

小雨這時候站起來招呼林志陽：「志陽，來，我們剛才正聊到家鄉的事，小飛正跟我說著他小時候的糗事呢！」

林志陽看著坐在位置上的慕飛翔臉上得意的笑，還故意對自己眨了一個眼睛，似乎在對自己挑戰，似乎在告訴自己說他贏了。但他卻沒注意到小雨對自己的稱呼也親密的直呼名字了！

林志陽不甘示弱，直接到慕飛翔的對面坐了下來。連云馨也跟著坐了過去，跟林志陽坐一起。

小雨端來了兩杯水。「不好意思啊！本店還沒有開始營業，所以還沒有開始煮咖啡，兩位先喝杯水吧！」小雨看到連云馨，心裡一陣驚呼：「哪裡來的女孩子？一看就覺得不凡，不僅氣質好，即使沒有戴太多手飾，光是手上那只寶璣那不勒斯王后手錶，若不是家裡有點積蓄可下不了手。若不是眼光高，一般人可能也不知道這只錶是什麼？」但小雨並沒有讓自己洩漏太多自己的驚訝，一方面不想讓對方覺得自己勢利眼，一方面也不想因此顯得自己比不上對方。就當作自己眼力差，沒看出個什麼來。

小雨假裝鎮定的跟林志陽說：「志陽，這位氣質這麼好的姑娘，不跟我們介紹介紹？」

這時林志陽才發現自己從頭到尾都忽略了連云馨，對連云馨很不好意思，馬上清了清喉嚨，對兩位說：「這是連云馨，她和

我跟關建國都是好朋友。」林志陽故意把關建國扯出來，就是不想要小雨誤會他跟連云馨有什麼。

小雨也向連云馨介紹了自己和慕飛翔。

林志陽望向小雨：「昨天聽你說想四處看看各種不同的大樹，還有我工作的情形，我今天特地來接你。」

連云馨聽志陽這麼說，立刻一同出聲說：「是啊！我的車就在外面，我們來接妳了。」其實連云馨根本不知道今天林志陽要到這裡來，也不知道到這裡來做什麼？對於面前這位叫小雨的又是何方神聖？只是她很清楚，很多事情，女人不可以先被忌妒沖昏頭。要先知己知彼，方能百戰百勝。在還沒有摸清楚對方底細之前，是不可以輕易出手的。而且她常告誡自己，與其做一百件事來打動男人的心，不如投其所好，做好一件事就能讓男人折服。但是幫忙喜歡的男人追她喜歡的女人，這還真不是一般人可以做到的。

連云馨可以感受到林志陽對小雨有好感，也感受到對面這個叫慕飛翔的男人，對她的志陽哥哥也有敵意，不管，反正這件事她是管定了。至於追求林志陽這件事，也正式從今天開始啟動。

小雨看向慕飛翔，因為她剛才答應慕飛翔一起出遊的，現在突然這樣的邀請和變化，讓她不知道怎麼抉擇好。

慕飛翔看出小雨的為難，首先出聲。「好吧！小雨，我們本來就是要出遊的，我們兩個天津人再怎麼走，也沒有兩個台北人

第三章
追求

原來是雨、
不是你

熟。而且既然有現成的司機，何不就趁這個機會，我們四個人一起出遊，妳說如何？」

這時候連云馨被慕飛翔說得好像不是很有價值，她變成現成的司機，心裡再怎麼可以忍，在面子上，連云馨絕對不會低於對方。連云馨豪不客氣的對著慕飛翔說：「是啊！搞不好連司機的法拉利都不認識呢！剛好趁這個時候可以認識認識。」

連云馨用頭點了一下窗外，兩人從連云馨點的方向看過去，看到一輛紅色跑車就停在店門口。

小雨為了化解尷尬，笑笑地說：「是啊！是啊！就有勞連姐姐載我們一程囉！」

連云馨再次不甘示弱的說：「連姐姐？看來我們也沒有差多少歲嘛！幹嘛叫我姐姐？」

小雨突然想到文化上用語的落差，隨即跟連云馨解釋：「在天津，我們一般稱年輕的小姐為姐姐，年紀長一點的就叫姑奶奶。沒別的意思。連小姐別誤會啊！我還是用台北這兒普通的稱呼，叫妳連小姐吧！」

連云馨被佟小雨這麼一說，顯得自己好像很小家子氣一樣，趕忙也改變態度。「沒關係，兩邊本來就有點文化上的落差，用語這種事，還是小事，別破壞了大家出遊的興致。妳還是叫我名字吧！連云馨，或者是……云馨。」

慕飛翔畢竟也是官家之後，對於車子、名錶或高價奢侈品多

少還是有一點研究的，故意不想表現出來，是想看看連云馨的態度。慕飛翔在得知昨天林志陽趁自己不在的時候，和小雨相處了大半天，這把他內心底層男性競爭的本能激發了出來，說什麼今天也要跟小雨出遊，剛好林志陽自己送上門，自己一定要讓林志陽見識自己的男性魅力，他正式跟林志陽宣戰，不論怎麼樣，他一定要追到小雨。

慕飛翔首先發聲：「時間也不早了，我們趕快出發吧！現在冬天天色暗得快，再不出發，可能也走不遠了！」

連云馨立刻從座位上跳起來，她恨不得立刻離開這裡，才可以脫離慕飛翔對自己近距離的打量。她感覺得出來慕飛翔的家庭背景也相當有財力，這是同是富家人的敏感天線，再加上她自己在名媛時尚圈的見識，她可以一眼辨別出來對方的財力。對於慕飛翔刻意低調，故意裝作不認識名牌的樣子有點不舒服，總感覺他看不起自己，她不喜歡慕飛翔。

慕飛翔也跟著連云馨到了門口，倒是林志陽貼心的扶著小雨慢慢走，深怕她跌倒，慕飛翔才想起小雨受傷的腳，趕緊再跑回來接過小雨手上的包包，「小雨，來，我幫妳拿包。」

連云馨看著兩個男人爭著為小雨一個女人服務，心裡有點不是滋味，不過也有點嗤之以鼻，她覺得女人在某方面要靠自己，而不要什麼事情都要靠男人。

連云馨對慕飛翔這樣的行為也看不起，所以索性自己就先快

第三章
追求

原來是雨、
不是你

80

步走到自己的車，拉開車門就一屁股坐上車，發動車子等他們，因為她並不想幫佟小雨開門，免得讓自己淪落到真的是司機一樣。

等到大家都上了車，連云馨轉頭向坐在副駕上的林志陽問：「志陽哥哥，我們今天要到哪裡出遊呢？」

本來林志陽心裡想的只是台北市附近，但現在被慕飛翔這麼一攪和，他突然想，既然戰爭開打了，那麼就去遠一點的地方吧！「清境。」

連云馨以為自己聽錯，突然提高音量：「清境？你是說清境農場？」連云馨轉頭看看後座的兩人，然後轉回來看著林志陽：「志陽哥哥，我沒聽錯吧！清境農場是在南投耶！假如當天回不來呢？」

林志陽似乎是鐵了心，不為所動，直接說：「假如回不來就過一夜吧！」

連云馨轉頭看向後座，徵詢兩位的意見。佟小雨說：「我本來就是來旅遊的，在哪裡過夜都是一樣的，只是換了個床。」

慕飛翔聳了一下肩膀，雙手一攤：「我也是，我們兩個都是外地人，小雨的想法就是我的想法。」

雖然慕飛翔簡單的講法，但聽在林志陽的耳裡特別不舒服，總覺得他總是故意把自己和小雨連在一起，好像他們已經是一體的一樣，把自己隔絕在外，這一局林志陽又輸了。

林志陽沒好氣的說：「出發吧！」然後大力的拉起安全帶，用力的扣上。

　　連云馨也拉起自己的安全帶，叮嚀後座乘客繫好安全帶，準備出發。

　　一路上，慕飛翔妙語如珠，逗得兩位女士呵呵大笑。連云馨已經忘了一開始見到慕飛翔的那種不舒服，反而覺得慕飛翔是一個可以結交的朋友。

　　但林志陽卻一路上都很不給面子，不是很嚴肅地提醒連云馨路況，要不然就是看自己的手機，回工作上的訊息。偶爾小雨問話，他才回應個幾句。林志陽真是太單純了，這一切都看在三人眼裡。

　　林志陽越是生悶氣，慕飛翔越是講得開心，故意要氣林志陽。

　　小雨不想要大家氣氛尷尬，所以她總是很捧場地笑。偶爾也和志陽聊聊，刻意問個幾句。

　　倒是連云馨這個女孩子，其實挺真的，也不像一見面時那麼難相處。慕飛翔講的笑話好笑，她就笑，有時還會聯想到其他笑話，就會跟著講其他笑話。若是慕飛翔講得不好笑，她也會直接吐槽慕飛翔。

　　隨著時間過去，大家中途在新竹停下來吃午餐，沿路吃了許多小吃，新竹貢丸湯、新竹米粉、蚵仔煎、鴨香飯，然後到新竹

第三章
追求

原來是雨、

不是你

城隍廟拜拜，云馨一向愛吃甜，她帶著小雨去吃甜死人不償命的黑糖珍珠奶茶，然後到對面買大排長龍的包子。

小雨不是那麼愛吃甜，喝了一口有點受不了，就沒再喝，一把丟給一直在旁邊服侍她的小飛，小飛倒是喝得津津有味。

林志陽只是悶著，然後默默的陪在一旁，不時的轉頭偷看小雨，看見小雨笑，他也會跟著笑，只有在那個時候，林志陽才會忘記小飛帶給他的悶，然後跟著大家放聲的笑。

一行人說說笑笑的，再出發時，小飛主動說要當司機，總不能全程讓女孩子服務，這樣連云馨也太累了！這個時候，連云馨對慕飛翔的好感又再增加了一層。

接下來的行程，經過中途休息，車內大夥兒的氣氛好了許多。慕飛翔跟著導航走，車子很快就上了高速公路，然後轉走三號國道，再繼續走六號國道，很快的就到達通往清境山上的山路，也許是太開心了，精神太放鬆，突然從車子的左側衝出一隻不知道是什麼動物，好像是小狗，慕飛翔沒來得及看清楚，只是急著把方向盤用力往右一轉，想要避開這隻突然衝出來的「東西」。

剛吃飽，大家都有點睡意，這段路，除了駕駛還醒著之外，每個人都閉上眼睛睡一下。而偏偏坐在副駕駛座上的林志陽怎麼就那麼剛好沒有繫安全帶？

車子一轉，大幅度一偏，車子撞上了路邊的大樹，也還好有

這棵大樹擋著，否則整輛車現在可能已經在山谷了！

　　車子這麼一撞，把大家都給撞醒了。小飛回頭關心大家怎麼樣？有沒有受傷，可是回過頭來發現林志陽不見了。

　　林志陽呢？林志陽到哪裡去了？小飛看到車子的門打開著，一定是剛才一撞，把門給撞開了，偏偏剛才小飛要林志陽繫上安全帶，他偏不繫，只是說台灣很安全，不會有事的。現在可好，人不見了，怎麼辦？

　　全部的人下來緊急尋找林志陽，慕飛翔大喊著：「林志陽……林志陽……你在那兒啊？」

　　「志陽哥哥……志陽哥哥……你在哪裡，趕快出聲啊！」連云馨焦急的像無頭蒼蠅一樣，在車子附近亂找一通，還把自己的頭往車底下鑽看，怕他是卡在車子底下。

　　「志陽……志陽……你在哪兒？快出點兒聲，別嚇我們呀！」小雨也急著四處看，四處找，顧不得平時自己的嬌弱形象，扯開嗓門的大喊。

　　慕飛翔回到車子旁邊，仔細的觀察車子撞的情形，發揮起他學建築的專長，用眼睛稍微測量一下角度，思考林志陽有可能的掉落方向，然後說：「是右邊車頭撞到大樹的，有可能這個作用力讓車門彈開之後，林志陽滑落山下，所以我們大家往這個方向找吧！」

　　大家隨著小飛指的方向看過去，天啊！假如真的是這樣，那

不是你

原來是雨、

追求

第三章

林志陽有可能滑下山谷了，這……

連云馨和小雨面面相覷，林志陽會不會凶多吉少？

連云馨突然覺得事態嚴重，不行，這一定要報警，連云馨拿出手機，小飛握住了她拿起手機的手，問她：「你要做什麼？」

「報警。」

慕飛翔立刻一把把連云馨抱在懷裡。

連云馨努力的從慕飛翔懷裡掙脫，用力的把他推開，用力地打了他的胸膛，大喊：「你在幹什麼呀？」

慕飛翔覺得自己很冤枉，睜大眼睛愣愣地看著連云馨說：「你不是叫我抱緊你嗎？」

連云馨被氣得直跺腳：「不是，我是說趕快打電話報警。」

慕飛翔抓抓頭，一副不好意思的表情：「不好意思，我誤會了，我們那兒叫找公安。」慕飛翔攤開雙手在連云馨面前揮了揮，「誤會，誤會！」

連云馨催促著慕飛翔：「所以，你現在趕快報警啊！這時候不報警什麼時候報？」

「不行！」這時候小飛和小雨同時發聲。小飛嚴肅的面對著連云馨，然後說：「絕對不能報警！」

小雨有點受到驚嚇，有點拿不定主意，她緊張得跟著說：「對，對，不能報警，絕對不能報警。」

連云馨被兩人氣得，她拉住慕飛翔胸口前的衣服大聲喊：

「為什麼不能報警？你說，為什麼不能報警？」

慕飛翔這時候有點放軟，像是做錯事一樣：「因為車子是我開的，我沒有台灣的駕照。」

「你……」連云馨突然不知道說什麼，氣得用力甩開慕飛翔的衣服，放手，插腰，然後退開幾步，鼓著腮幫子，然後雙眼瞪著慕飛翔說：「那你說，現在怎麼辦？」

慕飛翔看了看四周，發現前面有一個守護相助隊的招牌，他指著那個招牌說：「現在天色還早，我去那兒找人幫忙，我們先找找看也許就找著了。」

兩個女生站在原地看車，等待慕飛翔去搬救兵。連云馨還是焦急的在四處張望，不斷的叫著他的志陽哥哥，她的聲音帶著許多的焦急和期望，希望她的呼喊可以得到回應似的。

這時小雨似乎被嚇到了，愣在原地！緊抱著自己的包包，一副口中喃喃有詞，不知道她現在在想什麼？

過了一會兒，慕飛翔帶來了大約十多人，大家一起協助尋找林志陽，這些人都穿上螢光黃色的背心，每個人身上都有基本配備，手拿手電筒和登山杖。年紀都有一點大，帶著棒球帽，有些人肩膀上還圍著一條毛巾。

時間過了差不多一個小時了！一樣還是沒有林志陽的下落，這時候守護相助隊的隊長來告訴大家，山上天色暗得快，必須有更多人力來尋找，否則再過一段時間就更難找了，所以他決定先

不是你
原來是雨、

追求

第三章

去跟里長講，請里長廣播這件事，讓全村的人一起來尋找林志陽比較快。

過了片刻，在山裡突然聽到開麥克風的聲音，「磯～」還聽到一聲很尖銳的長音，是因為還沒有調好麥克風音量，麥克風回溯所發出來的聲音。接著就出現一個沙啞的老年人聲音，用小飛和小雨不熟悉的台語說著，大致的意思應該是說：「現在有人跌落山谷，希望大家現在抽出時間來幫忙協助尋找，幫助外地人，讓以後外地人更願意來我們這裡玩，而且人命關天，希望大家可以用協助自己家人的心，來協助外地來的旅客！願意幫忙的人，自己穿好自己的保暖衣物，拿著登山工具，備好救護工作的配備，然後到里長服務處集合！」

這一路耽擱下來，再加上剛才守護相助隊來來回回的時間，以及等到里長廣播的時間，山上的天色已經開始暗了，有許多戶人家已經開始在煮菜準備晚餐了。

一對老年夫婦，老公跑出屋子來聽廣播，一聽到有人受難，里長要求展開大型巡山活動，他立刻跑進去穿好自己的防風外套，再加上他平常騎機車穿的反光背心，拿著掛在房裡門上的農會分發的帽子往頭上一戴，急急忙忙跑到門口，然後又折返回來拿手電筒和他的登山棍棒。

他的老伴聽他的大動作聲響，拿著鍋鏟從廚房追出來，用台語對他大喊：「你是妹對倒去啦？」「快吃飯了。」

老人家也用台語回頭大喊：「救人比較要緊啦！吃什麼飯，飯回來再吃啦！」

老太太看著自己手上握著的鍋鏟，想了一想，跑回去把鍋鏟放下，關了火，雙手在身上擦一擦。自言自語說了一句：「那我現在煮飯給誰吃？救人比較要緊啦！」頭一轉也進屋裡加衣服，然後追出來，拿著基本配備，也往里長服務處跑。

才一下子時間，里長服務處前面已經集合了一大群人，大家有秩序的分發著螢光色背帶，還好平常演習時有準備，也訓練過，所以大家的速度非常快，資源也足，不一會兒，里長一聲令下，大家開始往出事地點出發，然後以平常訓練的分組路線，大家開始往山下走，一邊用自己手中的棍棒撥開草叢，敲打草叢，一邊大聲呼喊林志陽的名字！

山上住的大部分都是老人家和小孩，比較少年輕人，要靠一群老人家幫助協尋，說實在連云馨沒什麼信心。這樣時間又過了一小時，天色已經暗了

不管了，連云馨堅持要報警，反正警察不知道是誰開的車，有什麼關係？到時候說是自己開的車就好了，連云馨決定一肩扛起責任，志陽哥哥要緊。

連云馨報警了，剛開始只來了一輛警車。警察一到，停下車，把原來的鳴笛關起來，拿著一個本子向連云馨走過來。

警察看了看四周，然後向連云馨問說：「是你報的警嗎？」

不是你　原來是雨、　追求第三章

「是的！」

「車子是誰開的？」警察拿出本子，開始問話，沒抬頭，只是抬了抬眼。

「是我！」慕飛翔這時首先出聲，一個箭步跨出來站在連云馨之前面對著警察。慕飛翔認為一個人要誠實，尤其作為一個男人要有擔當，怎麼可以讓一個女人去承擔自己的過錯呢？再說，無照駕駛，頂多就是罰款吧？怎麼可以心疼幾個錢就說謊？

警察一樣沒抬頭，繼續問話：「叫什麼名字？」

「慕飛翔。」慕飛翔字正腔圓的說了自己的名字，一副慷慨赴義的口氣。

警察突然頓了一下。「慕？哪裡人？」筆停了下來。

「天津。」

警察這時候才抬起頭來，看了連云馨：「你呢？哪裡人？」

連云馨也不是被嚇到的，對於警察這樣的問話，並沒有驚恐，直接回答：「台北人」。

警察又指了指，站在一旁，緊張的抱著包包的小雨：「那她呢？哪裡人？」

小雨這時候怯生生的看著警察，啟動的雙唇，還沒有聽到她的聲音，就先聽到慕飛翔替小雨回話：「天津，她也是天津人！」

警察這時候有點不耐煩，也許是在晚餐時刻接到報案電話，

讓他不能好好用餐吧！所以口氣不是很好。警察轉頭看著慕飛翔說：「我問你了嗎？」

警察又問佟小雨：「叫什麼名字？」

佟小雨似乎是真嚇傻了，聲音小得只有自己聽得見一樣。「我夏……」

警察聽不見，把耳朵貼近小雨，大聲的問：「夏什麼？」

小雨突然回過神說：「我嚇一跳。我叫佟小雨。」

「哪裡人？」

小雨看看慕飛翔和連云馨，才開口用很小聲的聲音說：「大陸人」。

警察聽到小雨開口說是大陸人，於是警察把筆先插回胸前的口袋，走回車上去按了對講機。幾分鐘之後，原來的警察再走回來繼續他未完成的筆錄，態度不像先前那麼壞，口氣也明顯改善了許多。筆錄還沒做完，不久，山下一陣響笛，接著開上來好幾台警車，然後，後面跟著的是救護車，再後面就是各家電視台的SNG車。

慕飛翔說：「不會吧！我們沒有犯那麼大的罪吧？不需要這麼大陣仗啊！」

原來，剛才警察回警車用對講機跟總隊報告情形，本來剛上任的菜鳥警察，想要展一下自己的威風，故意裝做一副凶悍的樣子。沒想到遇到大陸同胞，一個大陸同胞也就算了，竟然一次兩

第三章 追求

原來是雨、

不是你

90

個，這讓剛上任的菜鳥警察不知道應該怎麼處理比較好，尤其又在兩岸局勢這麼緊張的時刻，又在選舉剛結束，新的首長都還沒宣誓就任，凡事還是小心一點好。

菜鳥警察接到長官命令，務必處理好這件事，會立刻派人手支援，但連菜鳥警察想都沒想到會來這麼多人，讓他一時也看得目瞪口呆。

突然菜鳥警察態度大改變：「不是你們的問題，是我們對生命的重視比什麼都看得重，尤其又是對岸的同胞，我們一定要更加用心照顧和幫忙，尤其現在……」

菜鳥警察話還沒說完，突然天空呼、呼、呼、呼……的聲音響起，眾人往天空看，看見飛來了好幾架直升機。

這一看就是展開地面和天空的大陣仗搜索，眾人受到關注的情景，令在場的菜鳥警察和其他三人都瞠目結舌。

眾人還沒來得及反應，已經有一位記者擠進現場，就站在他們旁邊報導起來，然後一支麥克風就已經在慕飛翔的嘴巴前面了。

「先生，請問您是哪裡人？」記者快速，且急促的語氣問著，搞得慕飛翔也開始跟著緊張了起來。

「我，天津人！」慕飛翔幾乎是被鴨子硬上架的，莫名其妙的就被訪問起來了！

記者又追問：「可以請你簡短的告訴我們發生了什麼事嗎？

慕飛翔呆呆的說：「我朋友掉下山谷了，我們正在努力的尋找他。」

記者重複慕飛翔的話一遍，然後說：「好的，那麼請問先生，你此刻的心情怎麼樣？」

慕飛翔被這麼一問，火氣突然都來了，直接對記者大吼：「很難過，很緊張，好嗎？可以了嗎？」

記者被慕飛翔這麼一吼，頓時只能重複一次慕飛翔的話：「這位先生現在很難過，很緊張，所以我們的訪問就先到這裡，讓我們先來看看現場。」

慕飛翔對於記者的問話火氣還沒消，電話就響起來了。一看，是家裡來電話，一接起來，電話那頭就傳來媽媽焦急的聲音。「小飛，我的小飛，你還好嗎？我看新聞，你在台灣出事了？跌下山谷受了傷？」

現場一下子來了這麼多人，變得非常的熱鬧，慕飛翔用很大的聲音跟媽媽說：「媽，我沒事，你看哪一台電視新聞？」

小飛媽媽說：「我用衛星看台灣的新聞啊！」

小飛繼續大聲的說：「媽，我好好的，沒事，你放心。台灣的新聞是自由的，也比較綜藝化，每一台都是自由報導，你看的那一台不準，換一台，蛤！我沒事兒。」

媽媽還要講話，只聽到媽媽喊了一句小飛，電話就被爸爸搶走了！

第三章
追求

原來是雨、

不是你

慕爸爸搶過電話來，大聲的說：「有沒有報公安啊？」

慕飛翔回答：「有，爸，您放心，沒事兒的，只是……爸，您得先給我打一點兒錢過來。」

慕爸擔心的問：「怎麼啦？發生了什麼事兒？」

慕飛翔不想讓家人擔心，所以一次把話講清楚：「沒什麼大事兒，爸，您別擔心蛤，就是我沒台灣這邊的開車駕照，必須得罰款，我必須有一點兒錢處理。」

慕家本來就是官家後代，錢這種事從來不成問題，最重要的是面子問題，榮譽問題。慕爸扯開嗓門說：「憑什麼這樣就得罰款？祖國的駕照還不認嗎？」

慕飛翔一時也解釋不清楚，只能告訴爸爸說：「爸，這兒的警察不認得咱們那兒的駕照。」

慕爸還是一肚子火氣：「咱們這兒的公安都認，憑什麼警察不認啊？警察是什麼東西啊？你說，要不要爸爸跟上頭報告一下，給你處理處理？」

慕飛翔真是一時說不清楚，只是跟爸爸說：「爸，您先別氣啊！小心您的高血壓，沒事的，總之，您先給我打一點錢過來吧！沒事兒的，我會處理好。」

「不是，這……」話還沒講完，電話就又被慕媽媽搶走了。慕飛翔聽到電話那頭媽媽焦急的問：「小飛，你真的沒事兒嗎？健康嗎？安全嗎？」

慕飛翔對媽媽安撫著說：「媽，我真的沒事兒，你放心，換一台電視新聞看，喔，我剛剛還上了電視呢！還接受訪問。這兒每一台電視新聞講的都不一樣，換一台，換一台，蛤，沒事先掛電話了喔！掛了！掛了！」

慕飛翔好不容易掛了家裡來的電話，對於台灣的電視新聞媒體的威力，他總算領教到了。

慕飛翔轉眼看旁邊，四周已經湧進許多他不認識的人，他和小雨和連云馨三人，反而被大眾追擠，變成擠在一起。

剛才那位菜鳥警察拿著剛才的記事本向他們走過來，然後臉上堆滿了笑容，要麻煩請他們在筆錄上簽名。

慕飛翔和連云馨都快速的在筆錄上簽了名字，輪到小雨時，小雨似乎真的被嚇到了，拿著筆的手不斷顫抖，在紙上寫的字也歪歪斜斜，發抖的寫下「佟小雨」三個字。

慕飛翔等著小雨簽完了名，把自己的手放在小雨肩膀上，緊緊的摟住小雨。山上天氣冷，不知道小雨是因為太冷才身體發抖，還是驚嚇過度而發抖？總之，慕飛翔想保護小雨。

時間又過去了一個多小時，隨著時間的過去，三人越來越緊張，天色越來越暗，假如再找不到，到了晚上就更難找了。

當大家沉默許久之後，SNG車也問到不知道問什麼了，突然聽到有人喊了一句：「找到了，找到了！」大家尋聲看過去，這時安靜許久的記者和SNG車也突然生龍活虎了起來。

追求　第三章

原來是雨、
不是你

大夥兒往不遠處看過去，一個大叔正撐住一根樹幹，用力的點點頭，大家往他頭點的地方看，看到似乎有一個人掛在樹枝上，大叔努力的撐住樹幹，深怕樹幹撐不住，讓掛在樹上的人往下掉。

　　警察看狀況危急，立刻用無線電聯絡了直升機，很快的直升機來到上空，救護人員搬來救護擔架，警察開始驅離眾人，撥出救護空間，SNG車也開始播報。當救護人員把人從危險邊緣救回來時，眾人一陣歡呼！

　　當救護人員把林志陽送上救護車，佟小雨在救護車門要關上之際，急忙拍打，說什麼她也要跟著上救護車，慕飛翔把車鑰匙還給連云馨，用眼神深深的看了連云馨一眼，他對連云馨很抱歉，但此時此刻不是道歉就可以的。於是他告訴連云馨醫院見，然後陪佟小雨上了救護車。

　　上了救護車，這時，佟小雨見到昏迷不醒的林志陽才放聲大哭了起來。慕飛翔看到小雨對林志陽這樣的舉動，他知道自己輸了，小雨喜歡林志陽。但他自己也不能說什麼，畢竟林志陽現在會躺在這裡，也是自己一時疏忽，是自己害了他。慕飛翔在自己心裡默默的承諾林志陽，只要林志陽可以醒過來，自己不再跟他搶小雨了。

第四章／愛苗發芽

林志陽到了醫院，醫護人員緊急為他做各種檢查，因為身體除了有一些擦傷之外，可能也因為冬天冷，衣服穿得比較多，所以並沒有太大的傷口。但有可能瞬間的撞擊，和跌下車翻滾的關係，過程中也許撞到了什麼，所以進入昏迷狀態，有點輕微的腦震盪，必須等觀察一夜過後才能斷定情況。

這一夜，慕飛翔、佟小雨還有連云馨三人在醫院裡待著，緊張和擔心的氣氛，讓三人也睡不著。關建國晚上接到連云馨的電話，教完最後一個學生就忙著趕過來醫院探視林志陽。

關建國帶來消夜給大家，但這個時候，任誰也沒心情吃。宵夜被晾在一邊。今晚大家可能都睡不著了。但還是得輪番休息才行，否則沒有人可以專注的注意林志陽的狀況。

小雨堅持要陪在林志陽身邊，任誰也說不走，只好任由她，其他三人輪流休息。好不容易熬過了一夜，小雨也累得趴在林志陽的病床邊睡著了！因為林志陽呻吟了一聲，小雨立刻被驚醒。

「志陽，志陽，你還好嗎？感覺怎麼樣？」小雨焦急的拉住志陽的手，猛搖晃他的手，深怕他又進入昏迷，一躺又不知道要躺多久。

原來是雨、
不是你

第四章
愛苗發芽

大家被小雨的聲音一喊都醒過來了，大家都跑到床邊來看志陽。

　　關建國首先發聲：「兄弟，認得我是誰嗎？」

　　林志陽努力的睜開眼睛，看向關建國，然後又閉上眼說：「關建國，我怎麼可能認不出你來。」

　　關建國鬆了一口氣，用手做勢拍打了林志陽的頭一下：「還好，你還記得我是誰。」

　　連云馨看到關建國這個動作，急忙反打了關建國一下。「喂，關建國，你有點人性好不好？我的志陽哥哥受傷了，你還這樣對待他？」然後轉頭對林志陽說：「志陽哥哥，你看看我，看看我，你知道我是誰嗎？」

　　林志陽連眼睛都沒有張開的說：「云馨」。

　　連云馨有點落寞，但沒關係，只要志陽哥哥健康就好了。

　　這時慕飛翔才出聲：「林志陽，不好意思，一切都是我不小心，我真是太大意了，我想山上沒什麼車，沒想到……。發生這件事，我會負責的。」

　　林志陽從慕飛翔的話語和聲音聽出他對自己有多麼的抱歉，即使他平時很討厭慕飛翔和小雨你一言我一語的講話，但發生這件事，實在也不能完全怪慕飛翔，一來事發突然，二來自己不繫安全帶也不對。林志陽還算是個明理人，所以也沒有怪罪慕飛翔，反倒是安慰了慕飛翔。

慕飛翔接著說：「倒是小雨照顧了你一整夜，累到早上，剛剛才在你床邊趴了一會兒。」

這時林志陽才發現自己的手還一直被人握著，他轉頭看了一下床邊，發現一直緊握著他的手的人，小雨，眼神充滿了擔憂和關懷。他順勢用力回握了一下小雨，給她一個微笑，然後安慰著她，輕聲的說：「沒關係，沒事，放心，我沒事。」

小雨沒說話，只是微笑看著志陽，然後點點頭。小雨怕自己一說話就忍不住哭泣，所以用力的咬著自己的雙唇，把淚水含在眼眶裡打轉。

偏偏這時候慕飛翔補話：「小雨從你昨天出事到現在，幾乎滴水不進，看到你剛被救上來，一上了救護車，她就哭到不能自己。」

林志陽說不出什麼話來，只是輕輕的叫了一聲「小雨」，然後摸著小雨的頭。所有的憐惜都表現在這個舉動了。現場的人，明眼人都看得出來，這兩個人彼此喜歡。

慕飛翔在發生車禍之後，他心裡就打定放棄和林志陽競爭佟小雨了。倒是連云馨，本來還希望自己有機會可以和林志陽在一起的，經過這一次車禍之後，她看到志陽跟小雨之間的互動，她知道自己沒機會了，心裡百感交集，也非常的失落。

慕飛翔看到連云馨臉上的失落，他有點不捨。他這個人就是什麼都好，就是見不得漂亮的美女傷心難過。於是，慕飛翔主

第四章
愛苗發芽

原來是雨、
不是你

動過去跟連云馨說：「這一晚你也累了，走吧！我陪你去吃點東西，喝杯咖啡提提神，等一下我開車。」

連云馨很高興慕飛翔的貼心，知道他是故意來安慰自己的，她藉故輕鬆的說：「你還開車啊？經過昨天的車禍，你不怕嗎？」

慕飛翔故意誇張的說：「怕呀！我怕死了，所以才要請你喝咖啡提神啊！你的責任就是等一下要幫我注意路況。買咖啡，走啦！」

慕飛翔不管連云馨答不答應，拉著連云馨就要往外走，故意高聲調對大家說：「我們早餐約會去囉！」

關建國覺得自己也不適合再繼續待在病房裡，所以他故意找了個藉口離開。

頓時病房裡只剩下林志陽和佟小雨，志陽可能因為昨天的撞擊全身異常的痠痛，卻又說不出哪裡痛。他看著在一旁已經哭得眼睛紅腫的小雨，他就知道昨天她為自己掉了多少眼淚。

林志陽不捨的伸出手摸了摸小雨的臉，她的臉實在太楚楚可人了，看得林志陽都呆了。

小雨以為林志陽是不是頭腦怎麼了？怎麼突然靜止不動？她推了推林志陽，然後問他：「你怎麼了？」

林志陽回到現實，他內向害羞的表情又回來了。佟小雨就喜歡看林志陽這個表情，但是有時讓佟小雨覺得太悶了，有什麼話

都不會一下子說出來，有時感覺林志陽比女孩子還像女孩子！

　　但和慕飛翔那種跟每個女孩子都可以快速火熱起來的個性，佟小雨還是比較喜歡林志陽這樣慢熱型的，感覺比較實在些。

　　經過這一次的車禍，佟小雨感受到意外來的突然，喜歡一個人，假如要慢慢熬，哪天說不準連說愛的機會都沒有。若是要等林志陽先主動表白，那可能也得等到天荒地老，所以，佟小雨忍不住自己就先提了。

　　佟小雨緊緊握住林志陽的手，然後用炙熱的眼神看著林志陽說：「志陽，等你出院，你就先搬到咖啡廳來住吧！我想照顧你。等你身體好一些，我們就出遊，好嗎？」

　　志陽聽到小雨這樣的提議，頓時有點錯愕！怎麼？她不是喜歡慕飛翔嗎？志陽一時還沒有意會過來，用狐疑的眼神看著小雨，然後對小雨說：「小雨，你不需要為我的車禍負責任的，這不是妳的錯。」

　　小雨知道林志陽很鈍，但不知道竟是到達如此高深莫測的地步。她咬咬嘴唇，這個動作，幾乎已經變成她在掙扎時的習慣動作了。她努力的想，到底要怎麼才能讓林志陽知道自己的心意？對於這麼遲鈍的人來說，再多的拐彎抹角都是多餘的，而對小雨來說，也是痛苦的，索幸一鼓作氣，直白的說了出來：「志陽，我們談戀愛吧！」

　　說完這句話，小雨覺得自己滿臉都熱了起來，恨不得地上有

第四章
愛苗發芽

原來是雨、
不是你

100

個洞可以鑽進去。她人生中的第一次戀愛，怎麼會是她跟一個男人告白呢？而且還是在醫院，一個這麼不浪漫的地方。偏偏她告白的人，還一下子沒明白她的話，正瞪著大大的眼睛看著她，讓她覺得自己不應該講出這樣的話來，突然很後悔，這時候小雨希望說出去的話可以像微信或「賴」可以回收！若是可以把人說出去的話收回來的話，那該有多好啊！

林志陽聽了小雨說的話之後竟然沒有表現出喜悅的樣子，反而竟然問她為什麼？小雨實在快氣死了！

小雨正後悔自己剛說出口的話，突然林志陽接著說：「我覺得這個話應該要由我來對妳說才對。」小雨聽林志陽這麼說，突然張大了眼睛，看著林志陽。

林志陽很努力的從病床上坐起來。然後抓著小雨的手，虛弱的，呆呆的跟小雨說：「小雨，我希望妳的笑都是因為我，我喜歡妳的溫柔，也喜歡妳的笑容，我們談戀愛吧！做我的女朋友，等我出院，我們去環島，我帶妳去見識台灣每一棵大樹，好嗎？」

小雨，很急，很猛的一直點頭。

可是，從小被父母親拋棄的林志陽，一想到小雨有一天終會離開台北，到時候他又要回到自己一個人，難免憂愁了起來。這也是林志陽長這麼大以來，一直沒有談過戀愛的最大原因，因為他，害怕離別。

小雨看林志陽突然痛苦起來的表情，以為他哪裡痛？急忙的摸摸他的頭，檢查他的身體，問林志陽說：「你是不是哪裡不舒服？怎麼了？」

　　林志陽把小雨的手從自己的額頭上拿下來，然後珍惜的握在自己的手中：「沒有，我只是想到有一天你還是會離開台北，回你的家鄉去，我……最後還是一個人，我……不喜歡離別。」

　　小雨歪著頭看他，然後對林志陽說：「你沒談過戀愛吧？不想試試看嗎？不會因此決定一輩子一個人吧？」

　　林志陽沉默不語，他的悶勁又來了。

　　小雨反手握住林志陽的手，一副輕鬆的說：「這樣好了，再過二十一天，我就必須回家，我們就當玩遊戲，我們來一個挑戰，來一個二十一天的戀愛挑戰，當二十一天的男女朋友。在這二十一天裡，我們去旅行，盡情享受熱戀的感覺，誰也不給誰壓力。」小雨停頓了一下，看看志陽的表情變化，然後接著說：「在這二十一天內，假如真的愛對方誰就輸了！輸了的人就要去把對方找回來，怎麼樣？敢玩嗎？」

　　把戀愛當遊戲？這還是林志陽第一次聽到。好吧！就把它當作是一種挑戰，也許自己不是真的喜歡佟小雨，只是因為和慕飛翔之間產生男人與男人之間的競爭心態罷了！

　　志陽突然精神都來了，好吧！就當是一個挑戰，志陽熱情的對小雨說：「這樣吧！台灣有二十二個縣市，扣除台北，剛好

第四章
愛苗發芽

原來是雨、
不是你

102

二十一個。從明天開始，我們每天旅遊一個縣市，我要帶妳好好認識台灣。」

小雨開心了一下，立即用擔心的雙眼望著志陽：「可是，你的頭⋯⋯沒事吧？」

志陽往自己的頭打了一下：「沒關係的，我只是手腳有一點擦傷而已，你看，我這不是好好的嗎？」

然後志陽推開蓋在身上的棉被，從床上站起來：「我恨不得現在馬上出院。」

小雨輕輕地笑了出來，連忙用手遮了一下嘴巴！掩飾一下自己喜出望外的內心。

突然，小雨想到，若是兩人每天出遊在外，那麼咖啡店怎麼辦？

志陽用力地往自己胸膛上拍：「沒問題，交給我來我安排！」

＊　　＊　　＊　　＊　　＊　　＊　　＊　　＊　　＊

隔了一天，小雨實在睡不太著，她早早的起床，坐到書桌前，拿出了抽屜裡的日記本，小心翼翼的翻到自己用書籤做記號的地方。

小雨記錄著心中的祕密和感受，然後寫下：「佟小雨，今天

終於談戀愛了！妳不再是一個人！」然後在最後押上日期：2018年12月12日。

　　小雨對日期發愣著，看了好久，心中念著：「1，2……1，2……」

　　一變成二，多麼神奇的一件事啊！從一個人來台北看雨，現在變成兩個人了！

　　小雨闔上日記本，然後把日記本緊緊的抱在胸口，然後喃喃自語的說：「小雨，妳終於談戀愛了！」

　　在小雨還沉浸在自己的世界裡，突然她被機車的喇叭聲音叫回現實。

　　咖啡店門口，關建國騎著他新買的重型機車載著林志陽來到咖啡店門口。關建國長按了兩下機車的喇叭聲，「叭，叭！」

　　小雨拉開房間內的窗簾往外看，她對兩人揮手，大喊了一聲：「再等我一下。」其實，為了今天的到來，小雨高興了整晚，睡不太著，很早就起來準備行李了！但她不能讓林志陽發現，還是故意停了一會兒才出門。

　　來到林志陽面前，關建國把自己的全罩式安全帽交給小雨，然後跟林志陽說：「放心去玩！咖啡店就交給我吧！」看著小雨把安全帽戴上，志陽還細心的幫小雨整理了一下安全帽上的環扣。然後小雨上了重機，林志陽要小雨把手環抱住自己的腰。

　　一開始，小雨因為關建國在現場看著他們，讓小雨有點不好

第四章
愛苗發芽

原來是雨、
不是你

104

意思，扭捏了一下，還是林志陽把小雨的手拉到自己的腰，然後囑咐她要將自己的腰抱緊，小雨才稍稍收緊了一下自己的手，環抱林志陽的腰。

關建國感受到小雨的害羞，開口說：「抱緊一點吧！生命重要，對於林志陽的騎車技術我可不敢打包票喔！」

林志陽轉頭看一下小雨，然後跟她說：「放心，我的技術好得很。」然後再轉頭對站在一旁的關建國說：「走囉！」

關建國對兩個人揮揮手，看著他們機車騎走之後似乎才想起來什麼，然後在他們後頭大喊著：「要好好愛護我的機車啊！是新車，新車，聽到了沒有！」

在他們走了沒多久，關建國正轉身要進入咖啡店，這時慕飛翔也到了咖啡店，一聽到小雨跟林志陽出遊，這段時間都不會來咖啡店，他就有點落寞。正當他要離開，這時候連云馨也剛好到。於是關建國請大家一起進去喝一杯咖啡聊聊天。

自從慕飛翔把連云馨的車撞壞之後，一直沒有主動聯絡連云馨，這個時候在這裡碰到連云馨，讓慕飛翔有點不知所措。家裡匯過來的錢還不足夠賠償連云馨的修車費，因為連云馨的名牌跑車還真不是一般人開得起的。即使是官家後代，慕飛翔如何跟家裡交代一大筆錢的用處？況且他還只是一個大四的學生，賺錢能力有限，未來如何支付這一大筆錢，他還在傷腦筋。

連云馨看出慕飛翔心裡的抱歉和扭捏，所以刻意自己先提，

「關建國，我的車子撞壞了，所以換一台新車是理所當然，你跟人家趕什麼流行啊？幹嘛買新車？」

關建國跟連云馨本來就是像哥兒們一樣的互動，所以當連云馨用這樣的口吻對他講話，一點都不覺得奇怪。

關建國一邊煮咖啡，一邊回連云馨：「誰說只有你能換車啊？老子高興什麼時候換車就什麼時候換，還需要跟你連大小姐報告嗎？」

慕飛翔一聽到連云馨換新車，就訝異的問連云馨：「你買新車？」

「是啊！」

慕飛翔緊張的問：「那壞掉的舊車呢？」

「賣啦！」

慕飛翔著急地說；「那我更賠不起啦！」

連云馨輕鬆的說：「誰叫你賠啦！本小姐只是沒耐心等待修車，也不喜歡大修過的車子，索性就換一台新的。你放心，我不會叫你賠的。」

慕飛翔覺得自己欠了連云馨很多，再加上現在這台車，慕飛翔突然覺得自己在連云馨面前抬不起頭來！

連云馨不喜歡這樣的慕飛翔，所以刻意地說：「慕飛翔，你聽好囉！我的志陽哥哥現在很忙，所以要我和關建國輪流一起來幫他看顧他媽媽的咖啡店，你也知道我這個人大部分是人家侍奉

第四章
愛苗發芽

原來是雨、

不是你

我，我呢！是不太適合侍奉別人。」連云馨看慕飛翔現在一副不敢說話的樣子，突然覺得自己贏了！清了清喉嚨，繼續說：「這樣好了！你就來幫忙一陣子吧！當作你撞壞我車的賠償，你只要利用你課餘時間過來就可以了，這樣可以嗎？」

慕飛翔一口答應下來，只要可以讓自己內心的愧疚感少一點，做什麼他都願意。

同時，慕飛翔和連云馨同時連忙加了一句：「但你不可以讓林志陽『志陽哥哥』知道喔！」

說完，兩個人都笑了，連云馨舉起自己一隻手掌，慕飛翔也舉起自己的手掌，用力地和連云馨拍打在一起，成交！

連云馨不想讓志陽誤會，以為自己利用他的咖啡店來報仇，故意整慕飛翔。

而慕飛翔不想讓林志陽以為他真為了這麼一點點打工費用來咖啡店工作。

關建國這時剛好煮好了咖啡，端了三杯咖啡出來，剛好看到兩人開心的擊掌，似乎達成什麼協議。關建國用賊賊的眼神和語氣問：「你們兩個有什麼祕密啊？看你們這麼開心。」

慕飛翔不想讓關建國知道自己的孬種，搶在連云馨之前發話：「沒什麼，就只是覺得好人做到底，我答應每天過來咖啡店幫忙，可以分擔一下你們兩個人的工作。」

連云馨重複了一句：「每天？」

慕飛翔咳嗽了一聲，覺得自己說得太快了，然後馬上不好意思地上改口說：「喔！是課餘時間過來，盡可能，只要有空，我就一定過來。」

　　關建國也不揭破他們之間的約定，就順理的說：「那太好了！我還在想只有我跟連云馨怎麼夠呢？現在可好了，多你一個也熱鬧些。」

　　其實，關建國覺得慕飛翔和連云馨還挺搭配的，只是這兩個人彼此沒發現，卻各自喜歡著佟小雨和林志陽。關建國希望這段時間能有所改變，順理成章的成就兩對情侶。

　　話說到另外一邊，林志陽和佟小雨從咖啡店離開之後，第一站就是到桃園機場看飛機。

　　林志陽騎著重機載著佟小雨來到了桃園機場附近的一家咖啡店，他把機車停下來，然後脫下安全帽。再幫佟小雨把安全帽脫下來。剛好這個時候有一架飛機從他們兩個頭上飛過。兩個人同時把頭往上抬，隨著飛機劃過天際，兩人深吸了一口氣！兩人一同呼吸了很不一樣的空氣。

　　佟小雨問林志陽：「哇！這是什麼地方？」

　　林志陽指了指樓上：「好地方，走，我帶妳去看飛機。」

　　林志陽先到櫃台點了兩杯飲料，然後帶著佟小雨上了二樓，

不是你｜原來是雨、｜第四章 愛苗發芽

看到靠玻璃窗前的吧檯剛好有兩個空位，連忙趕快遞補上去。

平常這家店是人滿為患，尤其是玻璃窗前的位置是看飛機起降的最佳位置，平常是不會有空位的。來得好，不如來得巧，剛好有兩個人離開，林志陽立刻先上前占了位置，然後等佟小雨過去坐。

林志陽遞給小雨一杯飲料，然後緩緩的說：「這裡曾經是最悲傷的地方，這裡曾經發生過大園空難，很多人在這裡尋找自己的愛人、家人，曾經這裡是讓很多人掉眼淚的地方，但是現在這裡，卻把悲傷的眼淚轉變成幸福感動的眼淚，甚至是歡樂的笑聲。這是一種多麼神奇的轉化！」志陽幸福的笑著，志陽突然收起笑容，然後繼續說：「小雨，有一天你會離開台北，那一天我不會到機場送你，所以今天我先帶妳來機場，我們從未來即將結束的地方開始，也許因為跟妳在這裡留下的幸福記憶，會讓我不再害怕分離。也希望你……也許……。」

小雨只是微笑著不說話，她用她大大的眼睛望著志陽，她不可能給志陽承諾，她只是……來台北看雨。

林志陽不想把幸福變成悲傷，所以，自己從座位上跳下來，然後拿起手機對小雨說：「來，我們來自拍，在每個地方，我們都要留下我們的足跡。」於是小雨整理了頭髮，兩人對著手機做了許多幸福的表情和動作。

小雨這時候似乎也因為感染到志陽的開心，反而比志陽還放

得開，做出許多鬼臉表情！

然後，看完了飛機起降，他們繼續往下一站，他們決定來個「21縣市夜市大搜查」，決定白天四處玩景點，晚上則選擇一個夜市去吃晚餐，夜市美食是台灣的特色，夜市美食更是琳瑯滿目，最重要的是，每個縣市都有夜市。

接著，志陽帶小雨來到桃園大溪。到大溪，當然要吃一下大溪豆乾啦！然後逛大溪的老街，才逛不到一半，兩人手上已經提的大包小包了，小雨對每一樣美食都很感興趣，能馬上吃的就吃，吃不下的就包起來帶走。

小雨還總是想著咖啡館的那一群人，總是說這樣可以買給小飛，那樣可以買給云馨，那樣可以帶給建國，一趟旅程，感覺夾雜了許多人在中間，總是讓志陽抱怨，提醒小雨現在是兩人的戀愛挑戰，要給對方難忘的回憶，要為對方留下幸福。

晚上，志陽帶著小雨到平溪放天燈。

志陽帶著天燈從遠處跑向站在曠野中等待他的小雨，他遞給小雨一隻大紅色簽字筆，他自己拿一隻黑色簽字筆，然後彼此寫下自己的心願。

志陽，在天燈上寫：「時間留在幸福的那一刻！」

小雨，在天燈上寫：「愛上天晴！」

兩人寫好願望，看了彼此寫的，然後互相笑了一下，然後開始點燃天燈，兩人一起拉著天燈的底座，看著火苗慢慢變大，然

第四章
愛苗發芽

原來是雨、
不是你

後火焰的熱氣慢慢的把天燈膨脹了起來，原本乾扁扁的天燈，因為火苗的熱氣開始把天燈撐起來往天上飛，小雨數著數字，「1，2，3，放手！」

　　然後天燈就開始往天空飛，兩個人抬起頭，望著天空上的天燈越飛越高，越飛越遠，志陽轉頭看著身旁的小雨，小雨雙手緊握在胸口，似乎在祈禱一樣的看著天燈。這時志陽覺得小雨好美，於是慢慢的把自己的手放上小雨的肩膀，小雨被志陽的動作驚嚇了一下下，然後害羞的，慢慢的把自己的頭靠向志陽的肩膀。

　　此時兩個人都沒有講話，此時，無聲勝有聲！就像志陽寫的一樣，希望時間停留在幸福的那一刻，此時的時間是靜止的。天燈越飛越高，越飛越遠。遠的幾乎看不到，只剩下遠處的一個小亮點。但兩人似乎都有點不願意分開。還是志陽先乾咳了幾聲，然後把自己的手從小雨肩膀上拿下來，小雨也害羞的低下了頭。然後，志陽把小雨轉向自己，輕輕的捧起小雨的臉。面對在漆黑中的小雨，即使燈光不是那麼明亮，但依然覺得小雨的臉，在自己的心中是那麼的清晰，那麼閃亮，他將自己的臉慢慢的靠近小雨。

　　當小雨的臉被志陽一捧起來時，當下有點錯愕，驚恐加害羞，複雜的情緒讓自己的心裡好緊張，她幾乎可以聽到自己的心跳聲了！隨著志陽的臉不斷靠近自己，她覺得自己的臉越來越

熱，身體也越來越熱，明明就是冬天不是嗎？是不是因為自己穿太多了？一定是因為羽絨衣的關係，太悶熱了！

當天燈越飛越遠，燈光越來越暗，志陽的臉越來越近，小雨覺得自己緊張的快喘不過氣來了！於是她一把，推開了志陽！然後大口的呼吸，一隻手猛拉自己胸口前的衣服說：「喔！太熱了！太熱了！我穿太多了！我們去吃冰淇淋吧！」

志陽被小雨這麼一堆，突然臉紅了！覺得剛才的情景，哎呀！自己怎麼可以第一天旅行就這麼把持不住自己呢？這樣小雨該會怎麼想自己？後面還有好多天呢！他必須好好的控制住自己才行。

志陽一聽到小雨說要吃冰淇淋，就想到一開始和小雨在醫院碰到面的情景，小雨抓著自己的手，突然猛力的一咬，把自己的手咬傷了！然後還大哭，喊著說要吃冰淇淋的情形，想到就覺得好笑，突然就噗嗤一聲的笑出來。

小雨看志陽的表情就知道，他一定是想到兩人第一次剛見面時的情景，讓她覺得很不好意思，於是她假裝生氣，用手肘撞了志陽肚子一下：「還笑，當初不都是因為你！」

小雨覺得太丟臉了，於是丟下志陽一個人往前走。

志陽在後頭追著小雨。「小雨，小雨，別生氣嘛！好，好，都是我的錯，我請妳吃冰淇淋，一支冰淇淋，不，不，二支冰淇淋，喔！不，不管幾支冰淇淋。我都請妳吃，妳不要生氣了，好

第四章
愛苗發芽

原來是雨、
不是你

112

嗎？」

　　小雨覺得實在太丟臉了，於是從快走變成了小跑步，志陽看小雨跑走了，也趕忙在小雨後頭追起來。「小雨，小雨，等我，別跑那麼快，天黑，跌倒了可不好！」

　　隨著旅行一站一站的過去，志陽帶小雨到關西吃客家小炒，到新竹看海天一線，然後到新竹城隍廟吃廟口小吃，不僅重溫上次的記憶，這次再多一站，吃到冰，然後到苗栗看龍騰斷橋，逛三義的木雕街。到大甲吃芋頭冰，參觀大甲媽祖廟，感受一下民間信仰。

　　今天志陽打算帶小雨去海邊。不管是上山！還是下海！幸福的記憶裡一定要完整。

　　今天來到麗水漁港，小雨被這個小漁港迷住了！因為有一棵大樹斜斜的躺在海邊的堤防上，樹下有一個老人正拉著二胡，拉著的曲子雖然小雨沒聽過，但有一種淡淡的感傷，感傷中卻有一種思念和期待的感覺。

　　今天天氣很好，可以看到海的遠處有幾艘船，藍天白雲，小雨跟著志陽走在堤防邊的小路，志陽突然上了堤防，然後對小雨伸出手，小雨一把抓住志陽伸出的手，然後跟著一起上了堤防。

　　站上堤防看得更遠了！

　　小雨對著大海將自己的雙手上舉，像是在伸懶腰一樣的動作，然後把頭往上抬，大大的深呼吸一口空氣。空氣中充滿了海

的鹹水味。這個動作和小雨臉上舒服、滿足的表情，深深的吸引了志陽，志陽拿起手機，調到照相模式，喀嚓喀嚓的拍了好幾張小雨的照片。

小雨聽到拍照的聲音，回過頭來對著志陽笑。志陽迷上了眼前這個女子，小雨此時的笑容是多麼甜美，多麼的陽光。

小雨順著志陽的方向看過去，指著志陽的背後大喊一聲：「你看！」

志陽被小雨這麼一喊，嚇了一跳，趕快轉頭看發生了什麼事？

在志陽背後的不遠處有一座像希臘一樣的藍白相間的建築，接著小雨聲音變溫柔的說了一句：「好美啊！」

志陽看著小雨誇張的表情，伸出手安撫一下自己受驚嚇的心臟，然後對小雨說：「小姐，下次可以請妳顛倒說嗎？先說：『好美啊！』，然後再說：『你看！』好嗎？我都快被妳嚇死了！」

小雨看到志陽這樣被自己不禁嚇的樣子，覺得實在太有趣了，自己禁不住哈哈大笑了起來！

志陽看到這時哈哈大笑的小雨，完全不是自己平常認識的那個會微微笑，甚至是只要大一點兒笑，就會用手遮掩一下嘴巴的小雨會有的表情。讓志陽有點看呆了！

小雨從志陽的表情中意識到自己的行為「不對」，立刻收

不原
是來
你是
　雨
　、

愛第
苗四
發章
芽

回自己太過誇張的笑容，趕快伸出手來輕輕的遮了一下自己的嘴巴！然後說：「不好意思，我笑得太過分了！」

志陽愣愣的回答：「沒關係，沒關係！」其實志陽挺喜歡這樣的小雨，感覺爽朗，不做作。

旅行中有時候小雨會出現一些自己突然覺得不是小雨會有的動作，所以志陽也開始慢慢習慣了！

「志陽，我們過去那裡拍照好嗎？」小雨指著不遠處的希臘建築物。

小雨第一次這麼主動要求，志陽哪能說不好？只要是小雨要的，志陽一定會盡力去滿足她，隨著旅行一天一天的過去，志陽發現自己是越來越愛小雨了！

兩人一前一後的，小跑步到那個希臘般的建築物拍照，這時候的兩人玩得忘我，加上海邊的天氣熱，讓本來以為冬天到海邊會很冷的兩人，出門時衣服穿得太多了！這時跑步的熱氣加上打鬧，大笑，讓兩人覺得熱到想脫掉毛衣外套，還好有這個建築物，可以讓彼此乘涼休息一下，也紓解一下熱氣。

兩人到了建築物裡邊，兩人拉著胸前的衣服，一邊用手掌搧風，兩人並排靠著牆壁欣賞外面的海景，海邊安靜得除了風聲，就是兩個人靠在一起的喘息聲，覺得空氣中除了海水的味道，似乎多了一點甜甜的味道，此時不知道是因為跑步的口渴？還是因為緊張所引起的，小雨覺得自己的喉嚨有點緊。她轉過頭去對著

志陽，才剛叫了一聲：「志陽。」發現自己的嘴已經被志陽用他的嘴巴給堵住了！

小雨被志陽突然這麼一吻，有點驚慌！但是一下子她便適應了！喉嚨的乾渴似乎也得到救贖。小雨回應著志陽這個激情的吻，慢慢的，志陽的速度變緩慢了，變得溫柔了起來！她感覺到志陽的舌頭進入了自己的嘴巴裡，志陽的熱情，透過柔軟的嘴唇不斷的在傳遞愛意。

「太快了！太快了！」小雨的內心產生一份不安，她猛力推開林志陽，又補上一記巴掌，這一掌把兩人關係打回原點，志陽錯愕地愣了半晌才開口：「對不起，我真的忍不住了！我情不自禁！小雨，妳好美！我好喜歡妳！好愛妳！」

小雨不知道應該說什麼好，為了躲避志陽的深情，小雨轉過身去，若有所思。

志陽溫柔的對她說：「小雨，不要走，不要回去了，留下來，好嗎？」

小雨有點為難的動了動嘴巴！似乎要說什麼，但沒說出來。過了一會兒，她轉過身來並緩和氣氛地說：「你忘了我們的約定？我們只是在玩一場遊戲，在做一場挑戰，時間還沒到，必須等21天之後才能知道答案。今天你因為這氣氛太美了昏了頭，說好了，誰先愛上誰，誰就輸了！到時候輸的人要去找對方。假如你真的愛上我，那麼你會來找我的，搞不好過幾天你會厭惡我也

第四章
愛苗發芽

原來是雨、
不是你

說不定，現在還不到最後。」

志陽似乎被拉回記憶，他承認自己輸了，他是真的愛上眼前這麼女人，假如這樣，那麼是自己要跟她走，怎麼可以要她留下來呢？於是，志陽把小雨再次拉回到自己的面前，然後對小雨說：「好，我一定會讓妳愛上我，我會贏妳，讓妳回來找我。」

小雨說：「假如我愛上你，明年冬天，我還會回來台北看雨。」

回程路上，小雨回憶剛剛兩人熱吻的那段時刻，他喜歡志陽柔軟的嘴唇，是那麼的舒服，那麼柔軟，那麼的有技巧，他到底吻過幾個女人？但小雨沒有太多的思考，只是享受志陽這片傳達愛意的吻裡面，其實小雨害怕的是，自己恐怕已經愛上志陽了，而且勝過志陽愛自己的程度。

因為剛剛的吻，讓兩個人之間的氣氛似乎變得有點詭異，兩人都異常的沉默，只是默默無語並肩的走在一起。

就在走回到機車旁之後，志陽如平常一樣的發動重機，可是不知道哪裡不對，重機突然發不動了，志陽蹲下來檢查了一下重機，看了好久，但他不是學機械的，實在看不懂。於是志陽對一旁的小雨說：「你在這裡等一下，我去四周看看有沒有機車修理店？可以請人來幫忙一下。」

「喔！」小雨看志陽跑遠了，自己蹲下來看了看前後車輪，然後調整了一下幾個關鍵，然後再站起來，這時她拉高自己的裙

子，把右腳往右後方一抬，一跨，坐上重機，然後左手按住車子的剎車，右腳往發動器用力向下一踩，「碰……碰……」發出了重低音的聲音，再加上右手猛催了幾次油門，整部重機發動了，一切完好如初的樣子，小雨快速從車上下來，剛好志陽帶來一個男人，手上拿著工具，看起來就是來修理車子的人。

小雨半蹲著靠著車子，手上拉著自己的裙子，一副弱不禁風的樣子說：「喔！人家的裙子被風吹到機車輪子裡面去了，卡住了！拉不出來。」

志陽連忙過去幫忙，幫小雨從機車旁邊扶正站好。然後幫她整理了一下裙子。「沒事，裙子好好的，沒有勾破。」可是……志陽指著重機說：「這……」

小雨裝糊塗，一副不知道為什麼會這樣的說：「剛才有一位大叔看我站在這裡，我跟他說機車發不動，他就幫我發動了！我也不知道為什麼會這樣。」

旅行已經過了大半，志陽有一點讓小雨最欽佩的，就是志陽對自己身體的尊重，即使兩人每天在一起，志陽再也沒有更越矩的舉動了。

時間進入倒數計時，隨著時間一天一天的過去，距離分離的時間越來越近，但兩人的情感卻越來越濃。

這一站來到了南投清境農場，上次因為出車禍，結束了出遊計畫。志陽覺得一定要再來一次，因為這也是一種挑戰，也是

不是你

原來是雨、

第四章 愛苗發芽

一種反轉，就像是大園空難地點一樣，把悲傷反轉回幸福。這一站，也要把上次的驚恐反轉成美好的記憶。

也剛好因為是冬天，氣溫很低，所以楓葉很紅，很漂亮！兩人在林裡散步，氣溫越低，兩人貼得就越近，情感也就升溫得更快！

小雨在地上撿起一片很紅的楓葉：「哇！好美啊！好希望它可以一直這麼美。」

志陽看著小雨欣賞這片楓葉的樣子，他想把楓葉的美永遠留下來給小雨，他跟小雨要了這片楓葉，然後志陽掏出身上的筆記本。這是志陽多年來的習慣因為他會隨時記錄看到大樹的樣子，還有記錄一些數據，所以他已經習慣身上總要帶上一本筆記本。這時志陽把小雨這片楓葉夾進筆記本。

兩人這晚住的是上次救了志陽的那位大叔家，本來是刻意來謝謝大叔，假如不是大叔發現志陽掛在樹枝上，可能就沒有現在的志陽了！

晚上志陽問大叔家裡是否有鹽酸？

剛開始大叔嚇一跳，以為志陽要做什麼壞事？還不肯拿出來給他，經過志陽的解釋之後，他不僅拿出來好幾罐，還幫志陽隱瞞小雨。對於志陽晚上消失片刻，大叔也幫忙遮掩過去。

偏偏小雨在夜晚某一段時間也問了大叔的老婆，跟她要了一點鹽酸。老婆跟老公說了這事兒。兩夫妻看著這一對小情侶做一

樣的事，彼此隱瞞，卻彼此相愛，兩位老夫妻看在眼裡，甜在心裡！卻什麼話也不透露給他們知道。

到了隔天早上，在老夫妻家吃了早餐。志陽和小雨都說有一份禮物想要送給對方，於是請老夫婦幫忙拿出來。

老夫婦各自拿出了不同的盒子，然後各自遞給志陽和小雨。

志陽，和小雨在老夫婦的見證之下，把兩人要送給彼此的禮物，同時打開。當看到盒子內的楓葉時，兩個人都嚇呆了！怎麼會？

他們看到的是兩個不同大小的楓葉，但是卻一樣都去了葉子的肉，只剩下夜脈，整片葉子顯得晶瑩剔透，整片金紅色的透明感，漂亮極了！旁邊放上一張小紙條，志陽給小雨的紙條上寫的是：「愛上天晴！」

拿起小雨給志陽的紙條，上面寫的是：「時間留在幸福的那一刻！」

看著彼此給的禮物，兩個人都笑了！

小雨問志陽：「你怎麼會？」

志陽說：「你忘了，我是樹醫生，有關樹木相關，如何讓葉子變成這樣，用化學藥物只是一般常識。只是……妳怎麼也會？」

小雨笑笑的，對志陽神祕的微笑說：「不告訴你！」

早餐過後，兩人謝過這對夫婦，兩人就繼續出發，往下一站

第四章
愛苗發芽

原來是雨、

不是你

120

走。但山上的天氣本來就很不穩定，早上才好好的，怎麼出發不久，開始下起雨來。

志陽要小雨將自己抱緊，他用最快的速度騎到最近的便利商店。志陽趕快進去買了兩件便利型的黃色雨衣。一踏出便利商店，發現店門口只有機車，小雨不見了！

志陽著急地大喊：「小雨，小雨……你在哪裡？小雨……」

志陽突然發現小雨在不遠處，蹲在樹下，懷裡還抱著一隻小狗。小雨不管自己淋得全身溼透，還緊緊地護著懷裡的小狗，看起來應該是流浪狗。

小雨抬起頭，用乞求志陽的眼神說：「小狗好可憐喔！牠全身都溼透了，我們可不可以帶著牠走？」

志陽把小雨扶起來，摸摸小狗的頭，然後再摸摸小雨的頭，然後點了點頭，志陽對小雨愛憐地幫她撥了撥頭髮：「我覺得妳比小狗還可憐，趕快先穿上雨衣吧！再不穿上雨衣就要感冒了！」志陽趕快幫小雨穿上雨衣，然後幫她把小狗放進背包，然後細心的將背包留一個開口，再幫小雨整理雨衣的帽子，幫小雨撥開頭髮。

接下來，志陽和小雨的旅行多了一隻小狗，他們為牠取名叫「阿呆」。因為覺得牠呆呆的模樣真是可愛！

雨下得越來越大了！小雨很自然地就抱緊志陽，小狗就暫時把牠放在自己的背包裡，然後在背包袋口反摺，留給阿呆一個呼

吸的空間。

　　雖然隔著雨衣，志陽還是可以感受到小雨緊抱著自己腰部的力量，志陽的嘴角偷偷的露出笑容，本來騎得飛快的機車，這時刻意慢了下來，他希望這一段路可以長一點，小雨可以抱自己久一點。

　　另外，此時咖啡店也沒閒著。自從小雨和志陽離開之後，小飛和云馨也因為不打不相識的情節，兩人因為常常鬥嘴，你一言，我一語的，感情也變好了！雖然，算不上是情侶，但兩人也不再像剛認識時的那麼不對盤。

　　再加上關建國總是在適時的時機出現，耍個寶，咖啡店變得異常熱鬧了起來。老闆娘除了在醫院住院那幾天，大部分時間也可以回來管理自己的店，所以他們三個人根本就是這家店的基本客戶一樣，幾乎天天來報到。咖啡店幾乎成了三個人的基地，固定聚會的地點。

　　經過大雨的洗禮，志陽臨時找了一間汽車旅館休息，讓兩個人都可以好好打理一下自己，換個乾淨的衣服，也好把淋得全身溼透的小狗「阿呆」吹乾。

　　小雨對台灣的汽車旅館不熟，她第一次知道有汽車旅館這種地方，竟然可以包下這麼大的空間，讓車子可以和主人一直在一起。

第四章
愛苗發芽

原來是雨、

不是你

一上了樓，直接出現在小雨眼前的是房裡的一張大床，她有點難為情的轉頭看了看志陽，兩人同時都想到了剛才的情景。兩個人的臉都突然的熱了起來，覺得房間裡特別安靜，沉默了一會兒，志陽清清喉嚨說：「小雨，你趕快去洗澡吧！免得著涼了！」

　　然後志陽就把自己的背包往沙發上一丟，然後把自己往沙發上一拋：「哇！這沙發真是又大又舒服！」

　　小雨害羞的在床邊坐下來，然後說：「那，你等我一下喔！阿呆先交給你了！」小雨趕快把阿呆從自己的背包抱出來，怕阿呆快沒空氣呼吸。她把阿呆交給志陽，然後再拿自己的衣物，一邊說：「那我先去洗澡了。」然後拿到內衣時，突然覺得很害羞，回過頭跟志陽說：「轉過去，不准看。」

　　志陽剛才不小心瞄到一眼，看到小雨拿一件粉紅色的內衣，然後很快的又塞回去自己的包包。他突然被小雨吼這麼一聲，趕快把自己的臉轉到一邊，然後顧坐鎮定的起身說：「我什麼都沒看到，我來看電視。」然後起身去找電視遙控器，假裝找電視頻道的按電視遙控器。

　　開啟電視之後，志陽又拿了一條毛巾開始幫阿呆擦身體，假裝很忙的樣子。

　　然後，小雨很快的拿起自己的衣服到浴室要洗澡，才剛進入浴室就聽到小雨大叫一聲，「啊！」

「怎麼了？怎麼了？……」

志陽聽到小雨的尖叫，立刻用跑百米的速度衝到浴室，以為小雨發生了什麼事，卻只看到小雨緊緊抱住自己的衣服，呆呆的站在浴室中間。

志陽問小雨發生了什麼事？

小雨用懷疑和傻眼的表情，看著志陽說：「浴室沒有門。」

志陽突然笑出來，還以為發生了什麼事？他摸摸小雨的頭，像是在摸小狗一樣的方式，他覺得小雨實在太可愛了，然後笑著說：「妳放心，我不會偷看妳的，妳放心洗吧！」

志陽很主動的退出浴室。

小雨看著四周這麼大的空間，洗手台前的鏡子幾乎占了整面牆，看著光溜溜的自己洗澡的感覺很奇怪，他叫著志陽的名字，「志陽，你在做什麼？」

志陽說：「看電視啊！怎麼了？」志陽一邊看電視，一邊手裡忙著幫阿呆擦乾身體。

小雨不放心的說：「你要一直跟我講話，這樣我才知道你在哪裡？我要確定你不會偷看我。」

志陽說：「好，我說了不會偷看妳就是不會偷看，我是一個說話算話的人，你放心，我是個正人君子。」

志陽雖然一邊跟小雨講話，讓小雨放心。一邊聽到小雨洗澡時蓮蓬頭灑水出來的聲音。心中難免有感覺，腦袋也一直不聽使

第四章
愛苗發芽

原來是雨、

不是你

喚，總是想到不該想的畫面，自己的身體似乎也有反應。於是為了克制自己，所以只好把電視的聲音開得越來越大聲，想要掩蓋住水聲，但這樣一來，兩人說話的音量就必須越來越大聲，索性小雨規定志陽唱歌給她聽。

志陽最不會的就是唱歌，所以他乾脆做起伏地挺身，一邊做一邊數數字，讓小雨可以確認志陽的位置。

當慢慢的小雨聽不見志陽的聲音，所以她洗好澡，快速穿上衣服，趕快走出浴室，看到志陽已經在沙發上睡著了！

可能是今天騎車騎了一整天，又淋雨，再加上剛才做了許久的伏地挺身，一放鬆，根本撐不住，立刻在沙發上睡著了！

隔天，志陽和小雨騎著重機繼續往南旅行，他們到彰化吃肉圓，到鹿港小鎮逛古式建築，然後到北斗吃肉圓，還可以比較一下哪裡的肉圓比較好吃。到北港朝天宮附近吃小吃，買伴手禮，然後寄回台北給關建國他們。

關建國每次收到志陽寄來的伴手禮，他就會叫上連云馨，慕飛翔，然後一起到咖啡店找志陽媽媽，大家一起喝下午茶。也因為志陽的伴手禮，所以四人的情感也越來越好。志陽媽媽也因此覺得自己的兒子似乎就在身邊，也藉著其他三人更了解志陽。

這一段時間以來，慕飛翔對連云馨的抱歉之意，也因為連云

馨的不在意，慢慢淡化了。在這過程中，跟連云馨打打鬧鬧的，覺得連云馨雖然驕縱了一點，但卻不令人討厭，而且還有一般女人所沒有的聰明和能幹。兩人雖然彼此還是執著於自己各自喜愛的對象，也對彼此的喜愛打氣，似乎變成了戰友一樣。

當志陽和小雨旅行到了台南，這是志陽覺得小雨最適合旅遊的城市，他帶小雨逛了台南的東西南北城門，然後在南門附近找到窄門咖啡，看看兩人誰進得去？

所謂的窄門咖啡，就是有一扇只有與肩同寬的門，可以說胖子是進不去的。假如是一般壯漢，可能還得努力的側個身才進得去。

進去之後兩人各點了一杯咖啡，比較一下，是「窄門」咖啡好喝？還是「原來‧緣來」的咖啡好喝？

下午帶小雨去安平古堡逛老街，買蜜餞，看安平港，到四草大橋看夕陽！到了晚上，志陽帶小雨逛花園夜市。一方面這個夜市號稱最多小吃的地方，一方面也是它的名字叫花園夜市。志陽喜歡大樹，喜歡花花草草，當然也喜歡花園。

在夜市裡，在擁擠的人群中，志陽和小雨各買了一支香腸和烤玉米，彼此開心的你一口、我一口的吃著。然後再配上一杯國際聞名的珍珠奶茶。此時此刻，就像志陽許下的願望一樣，把時

間留在幸福的時刻。他希望可以跟小雨一直這樣生活著。

時間一天一天的過去，旅程總是會因為天氣、交通，和一些不可控的因素，讓旅行變得沒有如原來的規劃，有許多個地方都來不及去。今天到了高雄，時間卻來不及再往南繼續走，志陽帶小雨去吃渡船頭剉冰，不管是冰淇淋或是剉冰，幾乎只要有機會吃冰，志陽都會帶小雨去嘗試，因為這讓志陽想起他們第一次見面，小雨咬了他的手之後，哭著說要吃冰淇淋的模樣。

吃完剉冰，志陽帶小雨坐渡輪到對面的旗津，兩人在旗津沙灘上大玩海水，玩了一陣，兩人也累了，然後兩人在沙灘上肩並肩的走著，回頭看看沙灘，沙灘上留下兩排兩人每一步的足跡。

志陽悄悄的伸出手，想牽小雨的手，卻又有點不好意思，想到麗水漁港兩人接吻的那一幕，志陽覺得嚇到小雨了，所以這一路來，志陽都小心翼翼的，不敢再有任何感覺侵犯到小雨的行為舉止。

這時小雨停下腳步，回頭看著兩人這一路來，在沙灘上印出的腳印，她覺得好美。

小雨指著兩排腳印說：「好美！」然後對著志陽說：「你看。」然後小雨再微微一笑說：「我這次記得顛倒說，先說好美，再說你看。」

志陽突然不好意思，臉紅了起來。因為小雨記得自己對她說過的話，所以……，這時候小雨是否跟自己一樣，也想到了麗水

漁港的那個吻？

　　志陽突然很不好意思。但他想到今天是兩人最後一個晚上，明天就要回台北整理行李！後天小雨就要搭飛機回天津了。兩人的心裡都突然惆悵了起來！有些話志陽很想跟小雨說，但不知道應該怎麼說，他其實希望小雨可以為自己留下來，但這趟旅行一開始就說好的，是一個探險，是一個挑戰，是一場遊戲。

　　雖然一開始是場遊戲，只是一場挑戰，但經過這二十一天，人家說，一件事情做了二十一次就會成習慣，兩人這樣朝夕相處，志陽喜歡小雨的心，不知道是一種習慣，還是真正喜歡？其實志陽有時也會迷惑。

　　這趟旅行中，小雨笑聲很多。志陽可以感受到小雨的開心，但卻不知道小雨對自己的心意。有時他覺得小雨也喜歡自己，但有時卻又讓自己覺得自己似乎侵犯到她了，小雨突然離自己好遠好遠。對於小雨變化莫測的情緒，志陽有點捉摸不定，搞得自己也不知道自己對小雨的感情是曖昧？還是真情？

　　志陽悄悄的伸出手，在兩人並肩走著的過程，時不時的兩人的手，就會不經意的碰在一起，志陽緩緩的、悄悄的牽住小雨的手，小雨沒有反抗，也用了一點力握了志陽的手，小雨抬起頭來微笑的看著志陽，兩個人就這麼靜靜的牽著手，向沙灘的另一頭走去。

　　晚上兩人到了高雄的瑞豐夜市，兩人買了燒烤、福建炒麵、

第四章
愛苗發芽

原來是雨、

不是你

滷味、水煮玉米再到便利商店買了兩罐台灣啤酒，兩人來到愛河河畔看夜景，兩人並排坐著，一邊吃小吃，一邊喝啤酒。兩人此時都想好好的靜下來欣賞這夜景。

也許是因為啤酒的關係，兩人都不覺得冷，而且還有點微醺的戀愛情懷！

志陽首先打破沉靜：「小雨，你知道我為什麼帶你來這裡嗎？」

「不知道，為什麼？」

志陽把小雨的身體轉正，面對自己，然後用充滿愛意的眼神望著小雨說：「因為這條河叫『愛河』，我覺得自己就像是在愛河裡。」

小雨默不作聲，把自己從志陽的雙手裡掙脫，面對愛河！沉默不語。

旅行過程，志陽可以感受到小雨有時對自己的喜愛，但有時就像現在一樣，小雨似乎有什麼祕密，總是話到嘴邊，又沒有說什麼，志陽搞不清楚小雨對自己的心意。一開始不是小雨對自己說要談戀愛的嗎？為什麼總是在志陽對她表白自己心意的時候，小雨似乎就變成另一個人似的，突然的沉默，讓志陽覺得是不是自己有哪裡不對？或是小雨哪裡不舒服？又或者是自己一廂情願的多情了？

小雨突然覺得自己破壞了氣氛，拿起酒瓶對著志陽說：「乾

杯！」

　　志陽糊裡糊塗的，拿起酒瓶，也跟小雨乾杯，喝了幾口。但小雨似乎心裡有事，搶過他的酒瓶接著喝，沒一下子酒就被小雨喝光了。看來小雨酒力也沒有很好，一瓶下肚就有點醉了！

　　志陽只好臨時招了計程車帶小雨回飯店休息。但到了飯店，飯店竟然出包，說是重複訂房，加上新市長上任，到高雄跨年的旅客變多，飯店也一位難求，臨時要再去找新飯店也很難。

　　經過一番等待，飯店經理出來，告知他們很抱歉，只剩下一間單人房，兩人就委屈一點擠一下？因為飯店的疏失，所以這間單人房就算是飯店招待。兩人看了彼此一眼，有點尷尬，但是假如臨時去找新飯店，應該也很難找到空位了。

　　飯店經理看兩人面有難色，多問了一句：「兩人不是情侶嗎？」

　　兩人同時回答：

　　「嗯，是！」志陽不好意思的說。

　　「不是！」小雨連忙搖頭。

　　飯店經理看著兩人的回應，再問：「到底是？還不是？」

　　這時候小雨不說話了！

　　志陽說：「是！」

　　飯店經理說：「那兩人就委屈一晚，擠一擠囉！」

　　然後飯店經理拿著對講機，立刻請服務生過來幫忙拿行李，

第四章
愛苗發芽

原來是雨、

不是你

招待他們上樓。

　　進了房，兩人看著單人床發呆。飯店算不錯，給他們的單人床幾乎像一張小雙人床的空間。但是兩人還是有點尷尬。

　　志陽主動說：「你睡床，我睡地上就可以了！」說完就把自己的行李往地上一丟。然後從房間的櫃子裡，拿起備用的被子，開始鋪在地上。志陽一邊動作，一邊跟小雨說：「妳先去洗澡吧！」

　　小雨很不好意思，只好委屈志陽，自己害羞地拿著自己簡單的衣物就先進浴室洗澡去。小雨用很快速的速度洗好澡，等志陽進去洗澡，她就趕快躲進被窩，假裝自己睡著了！

　　等志陽從浴室出來，看到小雨已經在床上睡著了，他躡手躡腳的在地板上整理被單，也鑽進被窩裡。

　　志陽嘗試的叫了一聲：「小雨？」

　　小雨沒有回應，也許真的睡著了！

　　志陽望著天花板，突然睡不著，於是自言自語了起來。「小雨，這幾天跟妳這樣旅遊，我好開心，我喜歡看妳開心的笑，喜歡妳淺淺的笑，也喜歡看妳穿花洋裝，也喜歡看妳溫柔的對待阿呆的樣子，喜歡妳……。」「哈啾！」志陽講到一半突然打了個噴嚏！

　　小雨躺在床上，其實她一點也沒有睡意，只是為了避免和志陽兩個人同居一室的感尬而已。這時候假裝睡著的小雨聽到志陽

打噴嚏，突然覺得於心不忍，趕快翻過身跟志陽說：「志陽，地板太冷了，你睡床上吧！」

志陽連忙說：「不用，不用，是剛好被冷空氣嗆到，沒事的，躺一會兒被窩就熱了！」

小雨不忍心志陽睡地板，堅持要志陽睡到床上來。

志陽經不住小雨的堅持，於是離開地板上的被子，輕輕地爬到床上，深怕自己不小心碰到小雨的身子，還回頭抱了自己在地板上的被子，然後再上床。兩人擠在一張小小的床上，兩人同時沒了睡意。

小雨想擠出一點話講，卻不知道說什麼好。

兩人背對背的躺著，彼此可以感覺到背後有人，甚至似乎感受到對方身體傳出來的熱氣。

志陽突然翻了一個身，面對小雨的背部，小雨感受到志陽正用一對炙熱的眼睛看著自己。「小雨？」志陽試著叫了小雨一聲。

志陽心裡小鹿亂撞，很想牽小雨的手，但卻又怕被小雨誤會自己要做什麼，所以本來伸出去的手又縮了回來。

志陽清了一下喉嚨，感覺似乎喉嚨有千層鎖鎖住一樣，聲音有點發不出來。「小雨。」

小雨躺在床上輕輕的回應：「嗯！」

志陽沒說什麼，卻再次叫了一聲：「小雨！」

第四章
愛苗發芽

原來是雨、
不是你

小雨還是回應：「喔！」

志陽想要小雨不要走，留下來。可是這麼簡單的一句話，此時卻是困難重重一樣，說不出口，因為他不知道小雨是否喜歡自己？還是……只是自己單方面的迷戀小雨。對於自己的情感，這麼容易就說出口，會不會被小雨看輕，不被重視？

經過這段時間的相處，小雨其實也喜歡志陽，但是她還不確定自己對志陽的感情，到底是自己的？還是……。

此時兩人都睡不著，索性志陽躺在床上跟小雨一起回憶這段時間一起走過的地方，一起經歷過的點點滴滴。越講兩人的情愫一點一滴的在滋長。兩人覺得彼此都越來越喜歡彼此，這應該就是愛了吧！

今晚，志陽注定是要失眠了！

但可能稍早之前，小雨搶了志陽所有的啤酒喝，此時酒精作用了！加上天氣冷，暖暖的被窩，躺著躺著，小雨漸漸沒有回應，志陽一看，小雨睡著了。

看著小雨睡著的臉，紅咚咚的，超可愛，志陽頓時沒了睡意。真正想講的話還沒說出口，小雨就睡著了！志陽有時被自己悶葫蘆的個性和慢動作氣死。

尤其這時身旁躺著一個這麼吸引自己的女性身體，這晚，志陽沒了睡意，只能逕自盯著天花板！盯著盯著，也不知道過了多久，自己的眼皮也就闔上了！

第五章／分 離

隔天，兩人都起得特別早！

小雨一邊整理衣物，志陽在一旁逗著阿呆玩。

志陽看著小雨整理自己的東西，他藉故跟小狗說話，一邊講話，一邊斜眼偷偷看著小雨：「阿呆，你媽媽要回天津囉！你不可以上飛機耶，怎麼辦啊？你會不會想媽媽？那麼我們讓媽媽留下來，好不好啊？」

志陽把小狗抓著在小雨面前晃來晃去：「阿呆說會想妳，要妳留下來。」

小雨看志陽把阿呆抓著的姿勢很不滿意，趕快把阿呆抱過來：「你怎麼這樣抱牠啦！」然後摸摸牠的頭，然後對小狗疼惜的說：「阿呆，你要乖乖的喔！明年媽媽再回來看你喔！爸爸會照顧你的。」然後抱著小狗跟志陽說：「你要替我照顧好牠喔！明年我會再回來看牠的，牠要好好的喔！」

志陽撒嬌的向小雨討愛，裝無辜的跟小雨說：「那我呢？誰照顧我？」

小雨心中充滿複雜的情緒，這幾天跟志陽的相處，她是開心的。她也可以感受到志陽對自己的喜歡，可是……她還是需要一

點時間。所以她告訴志陽：「不行，我一定要回去了，明年，等明年冬天，我還是會來台北看雨的！到時候我想清楚了，我再給你答案吧。」

志陽不放棄：「這樣吧！假如妳喜歡台北冬天的雨，那麼就等冬天過後，明年春天再回天津吧！」志陽用期待的眼神看著小雨，希望小雨可以留下來。

小雨支支吾吾的，躲避志陽的眼神，用身體閃開志陽，然後繼續整理她的衣物。她沒辦法回答志陽這個問題，她甚至是不是真正愛志陽都沒辦法搞清楚。

這天兩人整理好東西，就沿路騎重機回台北，其實兩人的衣物本來就不多，但回程多了一隻小狗阿呆，還帶了許多要給其他人的禮物，重機顯得豐富許多，大型物品就快遞回去，剩下小物品，或者是要給對方驚喜的禮物，就自己帶，看似不多，當所有東西都在重機上找到自己的位置後，發現還是挺多的。

小雨把阿呆抱在懷裡，感覺回程是一家人了！阿呆有了爸爸和媽媽。

在台北「原來‧緣來」咖啡店，一行人早就在那裡等候多時。大家算準了志陽和小雨要回來的時間，大家已經研究多時，心裡有各方的揣測。關建國一定是站在志陽的立場，要撮合他和

小雨的戀情。

連云馨雖然說不是那麼討厭小雨，但小雨和自己搶志陽，說什麼也不可能喜歡小雨。

至於慕飛翔，他對志陽因為有一份愧疚，所以他是不可能主動成為他的情敵，但是假如一趟旅行下來，小雨並沒有愛上志陽，那就不能怪自己不守君子之約了！

而志陽媽媽在這一段時間，聽了許多三人對志陽的認識，感覺對志陽也不再那麼陌生，反而很期待可以快一點和志陽母子重逢，只是不知道志陽對自己的態度會是如何，多少有一點忐忑不安。

戶外突然傳來一陣重機的重低音，關建國對自己的新重型機車特別敏感，一聽就知道自己的重機回來找他了，立刻站起來說：「回來了！回來了！我的重機回來找我了！」

志陽媽媽立刻站起來開啟窗戶往外看，其實窗戶本來就是透明的玻璃窗，這個舉動似乎有點多餘，但也許就是望子心切，總覺得這樣才看得清楚。

連云馨趕快跑到門口迎接他們，大喊：「志陽哥哥，志陽哥哥，你回來啦！」連忙跑過去剛把機車停好的志陽身邊，等志陽剛脫下全罩式安全帽，不等志陽開口說話，就一把挽住志陽的手臂，一點都不把小雨放在眼裡。志陽把云馨的手從他手臂撥下，然後轉身去扶小雨下車，然後幫小雨把全罩式安全帽脫下來。云

第五章

分離

原來是雨、

不是你

136

馨對於志陽的態度很不高興，轉頭對小雨哼了一聲，嘟起小嘴說：「志陽哥哥，你偏心，都不理我。」

關建國上前去幫他們兩個拿東西，一邊緩和的對連云馨說：「人家一回來都沒好好休息，有什麼話也等人先進去再說好不好？來，兄弟，我幫你拿東西。」一邊拿東西，一邊跟小雨打招呼，看到小雨懷裡抱著一隻小狗，馬上焦點轉移到小狗身上：「想必牠就是阿呆吧！」

慕飛翔則是緊張的站在店裡頭，等著他們走進店裡。

一行人說說笑笑的，進了店裡頭，大家起鬨著要他們說說這段時間的趣事，建國還一直起鬨的說：「志陽，說，這段時間，你跟小雨到了幾壘啊？」

小雨不懂大家在說什麼，問大家說：「幾壘？是什麼意思啊？」小雨轉頭看小飛，小飛也不懂，聳了聳肩。

志陽這時候打了關建國一拳。「小子，說什麼呢？」

關建國還不放過他們，看了小雨一眼，然後嘟起嘴來，發出啾啾的聲音，用手比著親嘴的動作，問志陽說：「有沒有這樣啊？親嘴啊？」

小雨這時候才明白關建國在說什麼，臉上立刻紅成一片，任誰看了，都會知道一定有事情發生。

志陽這時刻意作樣子要打關建國：「好了啦！正經一點，別再鬧了！」

這時連云馨看到兩人彼此的態度曖昧，突然嬌氣了起來：「人家不管啦！志陽哥哥，我的禮物呢？」

　　關建國並不會這麼輕易放過兩人，既然要敲邊鼓，就要盡責一點，所以馬上轉頭向小雨問說：「怎麼樣，我兄弟可是初戀喔！親嘴技術一定不怎麼樣吧！沒關係，多給他幾次機會，他準親得你忘了自己是誰。」

　　小雨，這時候感覺自己的臉更熱了，相信自己此時此刻的臉一定更紅了，恨不得此時地上有個洞可以讓自己鑽進去躲起來。

　　還是得感謝志陽媽媽中斷了關建國，首先喊了志陽一聲。志陽沒想到自己跟媽媽的見面會是在這樣的情形下。這時站在一旁看著一切情形的慕飛翔這才走近大家，跟志陽說：「志陽，上次的事情，我很抱歉，這段時間我都在這裡幫忙老闆娘。」一邊說，一邊轉頭看著志陽的媽媽。

　　然後飛翔上前把老闆娘牽到志陽的面前：「這段期間，我們聽老闆娘講了很多你小時候的事情，老闆娘也聽我們講了許多對你的印象和認識，老闆娘一直很想念你，趁你不在的這段時間，我們也幫你跟你的養父母解釋，並且得到共識，等你回來之後，你就跟老闆娘一起住吧！你的養父母接受讓你照顧自己的親生母親一段時間。」

　　志陽上前握了一下小飛的手：「飛翔，謝謝你，你放心吧，上次的事就讓它過去吧！我並不怪你。至於我和我媽媽的事，謝

謝你，謝謝大家！」志陽轉頭看了大家一圈，謝謝大家之後，他轉身看著媽媽，牽起媽媽的手說：「媽，上次我聽小雨說了你和爸爸還有我之間的故事，我誤會你了！對不起！」

媽媽笑了笑，欣慰的說：「謝謝你，志陽，可以理解媽媽，是媽媽對不起你，沒有在你身邊陪你長大，對不起。」

志陽趕忙搖搖頭說：「別這麼說，是我誤會你了，現在你的身體還好嗎？」

志陽媽媽說：「沒事的，沒什麼，不用擔心。」但從站在一旁的人臉上表情看起來似乎不是這麼一回事，只是大家都配合著老闆娘！既然老闆娘不說，那麼大家也就配合她，尊重她的決定，並沒有特別跟志陽說明。

很快的，到了晚餐時間，老闆娘進去準備晚餐，想要在小雨回天津之前，大家一起吃個團圓飯。因為接下來就要過中國的農曆年了，到時候小雨就已經不在台北了，所以老闆娘提議，大家今晚一起吃個年夜飯，大家一起團圓團圓。

晚餐時間，關建國不忘自己作為兄弟的義氣，總是不斷在撮合小雨和志陽，只是小雨的態度曖昧，總是不明講是否喜歡志陽。作為志陽兄弟的他，常常在旅行過程接到志陽的電話，說自己有多愛小雨之類的，但卻一直說不出口，總希望建國可以幫自己把小雨留下來。建國晚餐席間也盡力了，看小雨的態度似乎打定打迷糊仗，後來小雨對大家說：「我非常的喜歡台北，尤其是

你們大家。」小雨豪氣地拿起酒杯，然後豪氣的跟大家說：「這樣吧，我就用手中這杯酒，敬大家一杯，明年，我佟小雨一定再回來台北來看雨，來看大家！」

大家對小雨這樣的舉動和態度嚇一跳，感覺不像平時大家認識的佟小雨，也許……也許是因為明天就要離開台北的離愁作祟吧！多少會讓人變得古怪一些。

大家眼神交換了一下，看著古怪的小雨，大家一起把手中的酒給乾了。

沒想到小雨一開喝，似乎就沒打算停。在高雄時，志陽體驗到小雨搶他的酒喝的情形，所以，志陽並不以為意，以為小雨又來了。

但其他人並不知道在高雄的情景，所以，對小雨這樣的行為感到很訝異。

小雨，拿著自己的酒杯，跟每一個人敬酒。敬完每一個人還不罷休，自己又連喝了三杯。志陽覺得小雨醉了，阻擋小雨繼續喝，還被小雨兇了一下。

然後小雨放下酒杯，說她要先去一趟洗手間，於是就先進入自己的房間。

小雨進了房間，一把就把自己全身給拋到床上，臉部埋在棉被裡，握著拳搥打著棉被，嘴裡發出嗚嗚ㄚㄚ的，發出的聲音不知道是在說什麼？小雨有一種痛，卻說不出是什麼，覺得自己幹

不　原
是　來
你　是
　　雨
　　、

分　第
離　五
　　章

麻給自己找麻煩？說什麼戀愛遊戲，說什麼挑戰戀愛？現在可好了，惹得一身腥。

過了一會兒，小雨把自己的臉從棉被抬起來，坐在床上發呆了一會兒，然後坐到書桌前，拿出日記本，翻到書籤頁面，看到夾在裡面的一片楓葉，那是志陽做給「小雨」的，小雨對著它發呆，看了好一會兒，然後寫下一段字：「小雨，你終於有一個愛你的人了！你終於談戀愛了。」然後蓋上日記本，小雨坐在書桌前看著日記本發呆，然後突然像發瘋似的大喊：「你怎麼可以談戀愛？你怎麼可以跟他談戀愛？我恨你，我討厭你。不，我是討厭我自己。」

然後小雨跑進洗手間，打開水龍頭，猛將冷水往自己臉上潑，好像想把自己潑醒似的。潑了三四把水之後，小雨將自己的臉抬起來，看著鏡子中的自己，問鏡子中的自己說：「我可以談戀愛嗎？我真的可以跟他談戀愛嗎？他愛的人是我嗎？小雨，妳告訴我，他愛的是我嗎？」

大家在房門外聽到小雨在房間裡大吼大叫，說什麼聽得不是很清楚，志陽媽媽擔心小雨，來敲小雨房門：「小雨，小雨，你還好嗎？」

大家突然都離開飯桌，來到小雨房門外，連云馨貼在門板上聽聲音，然後轉頭看著志陽他們，然後問：「她怎麼啦？」

沒有人知道小雨怎麼了，小雨為什麼一反常態，大家突然覺

得根本沒有人真正認識過小雨。

　　大家實在太擔心小雨了，志陽大喊：「小雨，妳怎麼了，妳開門一下好嗎？快開門，要不然我要撞門囉！」

　　大家又等了好一會兒，突然房裡沒了聲響，志陽正打算撞開門，這時小雨突然打開了門，整臉濕透了！似乎經歷一場大陣仗的過程。

　　小雨不想讓大家擔心，只是告訴大家自己可能喝多了！吐了一下，沒事了！

　　大家看小雨這樣，再也沒有心情繼續吃下去了，所以草草結束了晚餐。志陽媽媽扶著小雨進了房間，幫小雨上床之後，坐在她旁邊看了一下，然後用手幫小雨把濕透的頭髮撥到一邊，愛憐的說：「哎，妳這孩子！」然後搖搖頭，幫小雨蓋好棉被，就起身走出房間，然後輕輕的關上門。

　　志陽媽媽出來送走客人，然後跟志陽一起輕聲的收拾晚餐的鍋碗瓢盆，深怕吵到小雨休息似的。

　　經過好長時間，小雨才有力氣起身好好打理要回家的行李，小雨突然不知道要帶什麼東西回家，似乎什麼都不是屬於自己的，還要帶什麼呢？

　　小雨一時癱軟的坐在地上，背靠著床邊，喃喃自語：「我好像愛上志陽了！可是……我不能，我不可以愛上志陽，我不可以跟小雨搶，她愛的是小雨，可是，我就是小雨啊。小雨，我可以

第五章
分離

原來是雨、
不是你

142

愛志陽嗎？我可以談這個戀愛嗎？」就這樣，小雨與自己心裡掙扎對話了好久，終於下定決心一樣，站起來，快速的收拾好自己的東西。然後「碰」的一聲，關上自己的行李箱。

　　什麼也不管，跳上了床，拉起棉被把自己整個頭都蓋住，感覺讓自己躲進一個無底洞一樣。不管三七二十一，小雨決定好好睡一覺。

　　早上醒來，小雨打理好自己，拉著自己的行李箱從房裡走出來一臉清爽。昨晚發生了什麼事，她似乎都忘記了。一臉輕鬆的出現在志陽和老闆娘面前，很有朝氣且爽朗的跟志陽和老闆娘打招呼：「老闆娘、志陽，早上好！」

　　老闆娘看著這麼有精神的小雨，很是欣慰，告訴小雨，幫她準備了早餐，要她趕快過去吃！

　　小雨說：「不了，謝謝老闆娘。今天我要回家了，怕路上塞車，我到機場再吃。很謝謝妳這段時間的照顧和招待。下次有機會我會再來台北看您的。」

　　這個過程和對話小雨都沒有正視過志陽，似乎志陽不在現場一樣。

　　志陽正想跟小雨說些什麼，才剛開口叫了一聲：「小雨，我……」

　　小雨打斷志陽的話，轉頭拉住自己的行李箱，然後對老闆娘說：「老闆娘，我怕路上塞車，我先出發了，謝謝妳的照顧喔！

我會記得的。明年，我再來台北看妳。」

　　小雨似乎想到什麼，一轉頭，看到小狗阿呆正坐在一旁的地上，歪著頭，發出嗚嗚的聲音，看似依依不捨，在對自己撒嬌。

　　小雨對阿呆說：「來，過來媽媽這裡。」這段時間，阿呆對小雨已經非常熟悉了，一聽到小雨這麼說，馬上搖著尾巴跑過來，小雨蹲下，伸出雙手，阿呆立刻往小雨的懷裡跳。

　　小雨放下行李箱，抱著阿呆到餐桌前，坐下來一邊撕麵包的一角餵阿呆吃，一邊跟阿呆講話：「阿呆，媽媽就要回家了，你在這裡要好好的聽志陽爸爸的話喔！明年，我再回來看你喔！聽到沒有？」

　　小狗嗚嗚嗚～的叫著，似乎在告訴牠有多麼捨不得小雨，也似乎在回應著小雨，答應小雨的囑咐。

　　然後小雨放下阿呆，起身拉著行李箱就往門口走，正要推開門，剛好門被拉開了。站在門口的正好是慕飛翔。

　　慕天翔用開朗的聲音說：「小雨，我來了！」一進門看到小雨，小飛臉上馬上堆滿了笑容，然後一副精神抖擻地說：「我來接你，我送你去機場。」

　　難得小飛今天可以跟小雨獨自相處，所以小飛特別開心，一大早就來接小雨。

　　到了桃園國際機場，小飛先去停車，小雨就先去排隊報到，掛行李。一會兒小飛帶著關建國和連云馨一起回到機場內。

第五章

分離

原來是雨、

不是你

關建國一看到小雨就問，「志陽呢？他怎麼沒來？說好大家一起來送你的。」

小雨沒說什麼，心想，他不來也好，免得自己不知道怎麼面對他好。再說，一開始，志陽就跟小雨說過，不會到機場送自己的，因為志陽不喜歡離別。關建國說：「放心，他一定會趕過來的，大家說好了，一起來送你的，他一定說話算話。」

小雨心裡默默的唸著：「這麼說話算話？實在氣人，說好不來送人就真的不來？」其實小雨心裡是很渴望志陽可以來的，但一想到今天一早要出門前對他的態度，哎～

小雨有點落寞，這時候她突然發現，自己似乎……很在乎志陽，也許自己喜歡志陽的程度超過自己的想像。

在小雨離開家之後，志陽其實很想到機場送小雨。想到今天早上慕飛翔來家裡接小雨的神情，他心中忌妒的火焰突然燃燒了起來。

在小雨離開之後，志陽帶著媽媽到醫院來做例行檢查。

在醫院裡，志陽耐心的陪媽媽做檢查，一方面不斷的看手中的手錶。本來跟大家說好，他也要去送小雨的，但今天一早小雨的態度，讓志陽突然不知道怎麼回應好，志陽發現媽媽的健康狀態似乎不太好，於是決定帶媽媽到醫院做檢查。但檢查似乎有狀況，進行得不是很順利。

媽媽知道今天是小雨要離開台北的日子，她覺得自己的病也

就是這樣了，也不會有什麼改變，她不想讓志陽此時知道太多，更不希望志陽因此沒有去機場送小雨，而心中留下遺憾！於是一直催促著志陽去機場送小雨。

志陽心裡其實也很急，再加上媽媽一直催促自己去機場，看著媽媽現在的狀況也沒什麼事情，況且已經在醫院了，應該沒事的，於是志陽安頓好媽媽之後，就到醫院門口招了一台計程車，往機場飛奔。

志陽一上計程車，跟司機用焦急的口吻說：「桃園國際機場，快，快！」

過程因為志陽的催促，遇到黃燈，也逼迫著司機闖黃燈。上了高速公路，也總是催促著司機，司機幾乎都是踩在快超速的邊緣。計程車司機被志陽緊張的口吻逼得不斷踩快油門，一到機場，志陽丟下千元大鈔，和一句不用找了，就立刻往機場大廳飛奔。

志陽非常緊張，時間快接近上飛機的時間，他深怕連小雨最後一面都見不到。

小雨心中對志陽也有期盼，總是期待他最後能出現，見自己一面。否則，她不確定以後彼此是否還能見到面。

志陽跑遍了機場大廳，終於在要進海關的入口處看到小雨和關建國他們，本來他想上前和大家打招呼，但不知道為什麼，他看到小雨突然回過頭，似乎在尋找什麼？志陽本能的往柱子後面

第五章
分離

原來是雨、

不是你

一躲，他突然沒有勇氣和小雨道別，似乎這一道別，就永遠不會再相見了似的。

志陽在柱子後面低下頭掙扎了一會兒，然後抬起頭看著小雨，正想衝出去，突然志陽的手機來電了，他一接起來，是醫院來的電話：「什麼？你說什麼？」志陽愣了好一會兒，然後轉身跑出機場大廳，他立刻上了一輛計程車：「快，快，台北榮總醫院！」他必須立刻回到醫院，媽媽，媽媽到底怎麼了？他必須立刻回去醫院，了解清楚媽媽的病情，媽媽的病到底是什麼病？媽媽到底隱瞞了自己多少？

小雨揮別了關建國等一行人，她進了海關，一邊走還一邊不斷的回頭，看似捨不得關建國他們一行人，其實是因為小雨沒有見到志陽，心裡總是放不下。小雨多希望在最後一刻，志陽會出現在自己的面前，哪怕只有幾秒鐘的時間，只要可以見一面，都可以讓自己心裡舒服許多。

小雨心裡的期盼怕是要落空了，直到進了海關，小雨都沒有盼到志陽。

小雨在候機室望著停機坪上的飛機，她心裡有一股惆悵，沒來由的鬱悶。總覺得自己很瀟灑的，心裡也做好決定了不是？這趟回家，就要把台北的記憶清除乾淨。這裡的記憶是屬於小雨的，所有與志陽快樂的記憶，也是屬於志陽和小雨的。跟自己……沒有關係。

志陽用最快的速度回到醫院，一下了車，他用跑百米的速度往腦部外科飛奔。志陽心裡非常的焦急。媽媽到底隱瞞了自己什麼？為什麼會突然昏迷？

　　志陽一到腦部外科，護士要他儘快進入診療室見醫生。

　　志陽著急的問：「醫生，我媽媽到底怎麼了？為什麼她會突然昏迷不醒？」

　　醫生搖搖頭，然後慢慢的說：「在這之前，我就一直要求妳媽媽住院觀察治療。可是，她自從知道自己的病況之後，就放棄了所有醫療，她說她只想要好好的過她剩下的日子。不想因為治療讓自己難受，或變得醜八怪。」

　　志陽不懂醫生在說什麼，用狐疑的眼神看著醫生：「醫生，你說，我媽媽她……」

　　醫生很為難的說：「你媽媽得的是腦癌，而且狀況特殊，沒辦法開刀，只能延緩發病。但不開刀剩不到一個月的日子可以活，若是開刀，治療成功的機率只有2%。」醫生嚥了一下口水，繼續說：「於是你媽媽決定不開刀，好好的過剩下的日子！」

　　志陽聽到醫生這麼說，有如晴天霹靂。他最不能面對的就是離別，為什麼在這個時候，突然所有的人都要離開他似的。他還來不及跟媽媽好好生活，也來不及好好認識媽媽的過去，更別說未來，他想要補足小時候缺乏媽媽的那段時光，可是就在自己覺得媽媽剛回到自己身邊，媽媽就又要離開自己了！他實在不能接受。

第五章

分離

原來是雨、

不是你

志陽衝到媽媽的病床前，他看著媽媽沉睡的樣子，看起來就像睡著了一樣，他告訴自己，媽媽只是睡著了，沒事的。可是不知道怎麼的，眼淚卻不經意的一直從眼眶裡泛流出來。

　　志陽拉了床邊的椅子坐下來，他看著媽媽沉睡的模樣，眼淚不停的流，他輕聲的一直叫著媽媽，似乎只要自己這樣一直叫，媽媽就會醒來一樣。

　　關建國一行人，在機場送完小雨，關建國覺得志陽不可能不到，一定是出了什麼事，於是關建國打電話給志陽，知道了志陽媽媽的情況，三人互看了一眼。該來的，總是會來。

　　在志陽和小雨一起去環島旅行時，老闆娘有幾次也是突然昏厥，還是關建國和連云馨送老闆娘去醫院的。事後老闆娘要求每一個人替她保守祕密，希望可以幫著她隱瞞志陽，因為她的心願就是可以跟志陽好好的生活一段時間。

　　於是三人都答應老闆娘，關建國和連云馨還特地因此去找志陽的養父母談這一件事，否則，志陽怎麼可能可以那麼順利就和老闆娘住在一起？志陽的養父母出於一片好意，也就答應了，而且也承諾一起保守祕密。

　　但祕密終有一天會被揭開，只是沒想到這一天來得這麼快！

　　關建國一行人來到醫院。看到志陽坐在媽媽的病床邊，雙手

緊握著媽媽的手，似乎害怕一放手，媽媽就會不見一樣。

　　連云馨帶了一杯熱咖啡來給志陽。她輕聲的叫了一聲：「志陽哥哥。」然後把手中的咖啡遞給志陽，志陽並沒有接咖啡，也沒有轉頭看她。云馨嘆了一口氣，只好把咖啡放在床頭櫃上。然後蹲下來，在志陽身邊好聲的勸著志陽。

　　慕飛翔最不會應付這樣的場合了，面對老闆娘現在的狀況，他實在不知道說什麼好，只是默默的站在一旁。

　　還是關建國親近一些，上前去拉了志陽一把。「兄弟，別這樣，你媽媽看到你這樣會難過的，她最大的心願就是可以跟你好好的生活一段時間，假如她的時間不多了，那麼就如她的心意吧。」

　　志陽不可思議的抬起頭來看著周邊的人，然後激動的語氣說著：「你們……你們都知道？為什麼你們都不告訴我？」眼淚更加不聽使喚的流。

　　關建國過去一把抱住志陽：「兄弟，別這樣，別這樣，我們也是為老闆娘好，為你好。」關建國讓志陽在自己肩膀上哭了一會兒，然後拍拍志陽的背部：「兄弟，開心的面對老闆娘，讓她可以開開心心的跟你生活一段時間吧！這是她最大的心願。」

　　志陽實在沒辦法一下子接受這樣突如其來的打擊，但是時間不等人，尤其媽媽沒有時間可以等他了，他只能盡快的整理自己的心情，自己的思緒，難怪這段時間養父母都沒有給自己來電

第五章
分離

原來是雨、

不是你

話，也不再聽到養母哭著說自己是不是要離開她了？原來，這一切的原因是這個。

　　志陽過了一夜，接受了醫生、護士，還有關建國他們一群好朋友的建議，只要等媽媽醒來，他就帶著媽媽回咖啡店，假裝自己一切都不知道，然後跟媽媽好好的生活。他希望自己可以在媽媽最後的日子裡留下快樂的笑聲，他希望可以用笑聲來解媽媽身體上的病痛。

　　經過一個月，媽媽如醫生所判斷的時間走了！在這一個月內，志陽得到以往所沒有過的母愛。他覺得雖然和媽媽的相處短暫，但卻在這短暫的時間補足了小時候沒有媽媽的空缺，甚至還多了許多。

　　這段時間，不只是關建國和連云馨常來店裡走動。連慕飛翔也變成是店裡的常客。大家一夥人總是在店裡一起吃火鍋，一起聊天、開玩笑。也常常一起聊起小雨。直到志陽媽媽走了！小飛跟志陽已經變成是好朋友了！

　　慕飛翔再過幾個月就大學畢業了！他以為志陽跟小雨在旅行過程中已經是男女朋友了！這天志陽、關建國、連云馨、慕飛翔四人又聊起小雨。他們講到彼此跟小雨在一起時發生的笑話。慕飛翔才驚覺，其實這整個過程，志陽跟小雨之間，只是當了二十一天的男女朋友，至於小雨到底愛不愛志陽？連志陽自己都不知道。

慕飛翔突然心生喜悅，覺得自己還有機會。他用充滿希望爽朗的聲音對志陽說：「志陽，我現在正式對你下戰帖。從現在開始，我要追小雨。等我畢業之後，我要回天津找小雨。」

連云馨聽慕飛翔這樣說，她自己也開始生出希望，開心的對志陽說：「志陽哥哥，沒關係，你還有我。」

志陽一點都開心不起來，看著慕飛翔那麼有信心的樣子，他突然緊張了起來。志陽不知道小雨對自己的感情是什麼？甚至不知道小雨對自己是否有感情？而面對像慕飛翔這樣風度翩翩，外表條件這麼好，家庭背景又這麼厚實的，不管什麼樣的女孩子，愛上他是輕而易舉的事。現在慕飛翔又這麼正大光明的對自己下戰帖，志陽真的是緊張了。再幾個月，他就要回天津找小雨了，自己呢？要一起過去嗎？還是就此放棄小雨？

第五章
分離

原來是雨、
不是你

第六章／尋覓

幾個月之後，慕飛翔畢業了！

如他所說的，在他畢業當天來跟大家道別，迫不及待的，當天就坐晚班的飛機飛回天津了。

慕飛翔一回到天津，就憑小雨當時說的印象，他花了三天時間，九彎十八拐的，終於找到了小雨說的家。

隔天，慕飛翔準備了上門拜訪的禮物，一早就上門拜訪。

慕飛翔當天穿了一件清爽的藍色襯衫，搭配一件深色的牛仔褲，臉上刻意戴了一副黑框眼鏡。慕飛翔想讓自己在小雨父母親面前顯得比較穩重一些。

慕飛翔到了小雨家門口，稍稍的整理了一下自己的衣著，然後深吸了一口氣，慎重的用食指在門鈴上按了下去。

他沒有通知小雨要來拜訪，就是想要給小雨一個驚喜。

來開門的是一個中年婦女，穿著一件及膝長度的粗布洋裝，整個頭髮往頭頂上盤，頭髮上還夾著一個大的鯊魚夾，匆忙的來開門，一邊快步的走，一邊不耐煩地大喊：「誰啊？來了來了！」

她看到眼前的慕飛翔，一副清爽，充滿朝氣的年輕小夥子，

她確定自己並不認識眼前的人，淺淺一笑，客氣的問：「請問，先生你找哪位啊？」

慕飛翔滿臉笑容，很客氣的說：「我找小雨，請問她在家嗎？」然後把禮物拿到中年婦女面前。「這禮物是要送阿姨您的。」

中年婦女一聽到眼前的男人要找小雨，突然臉色一變，把飛翔拿到眼前的禮盒推回去給飛翔，然後生氣的說：「她死了。」

飛翔嚇一大跳，他沒想到自己得到的答案會是這樣。他驚訝的看著中年婦女，不可置信的一直搖頭說：「不可能，前幾個月我們還一起出遊，還在台北見面，怎麼可能死了？」

中年婦女很生氣的壓低聲音回他：「跟你說她死啦！死了，就是死了，都死了十年了！我騙你幹嘛？」然後突然很大聲的說：「你不要再來，再來我就報公安了！」然後一邊把慕飛翔推往門外，大聲喝斥：「走，走，走！快走！」

屋子裡面傳來一個中年男人的聲音：「找誰啊？」

中年婦女回說：「詐騙集團！趕走了！」

屋裡又傳來一個小男孩的聲音：「媽，我的襪子在哪裡？」

中年婦女馬上回答：「來了！馬上來，你等一下！」

婦女關上大門之後，並沒有立刻進屋裡，她把自己的背靠在鐵門上，手按著胸口，急促的喘著氣，然後緩緩的深呼吸，整理了一下自己的情緒，然後才進屋裡去。

第六章
尋覓

原來是雨、

不是你

飛翔被中年婦女趕走之後，他慢慢的離開小雨家，一邊走，一邊搖頭的思考，覺得記憶應該沒有錯啊！再說剛才那位婦女淺淺的笑容，跟小雨的確有幾分相似。但是，為什麼一提到小雨，婦女卻會這麼緊張？而且還慌張的把自己趕走呢？

　　飛翔並不放棄，他覺得一定是婦人不喜歡自己，所以，婦人故意說謊。

　　飛翔接連幾天都去按小雨家的門鈴，但都被婦人趕走。所以，他把主動去按門鈴改變成在小雨家門口守候。他就不相信小雨不出門的。只要他耐心夠，等久了，他也會等到小雨。

　　可是等久了，接連好幾天，飛翔都不曾見小雨從家裡面出來。婦人也鮮少出門，即使出門，也很快上了自家汽車就走了，根本沒有給飛翔交談的機會。

　　等待並沒有給飛翔帶來好消息，等了一段時間，飛翔確定屋裡面沒有小雨。也許小雨根本就沒有回家，或者根本不住在家裡。

　　飛翔在小雨家受挫，他並不灰心，開始想其他方法尋找小雨。可是天津這麼大，要如何找？又該從哪裡開始呢？

　　飛翔開始土法煉鋼的在天津市內沒有目的地遊走。因為自己離開天津好長一段時間，飛翔要把對天津熟悉的感覺，再次找回來。於是，飛翔開始騎著他的自行車，開始逛天津的每一條街道。時間又經過了半個月，飛翔一點所獲也沒有。家裡看飛翔每

天早出晚歸，一開始就當他是回到天津找朋友，續續舊。時間過了，自然會冷淡。

但又過去了一個月了！看飛翔還是天天往外跑，慕爸和慕媽有點不滿了！開始逼著飛翔找一點事兒做。

飛翔想想爸媽的話，為了不讓他們擔心，他想到自己在台北街頭看到許多街頭藝人表演，自己實在很想嘗試，就是一直提不起勇氣。現在，為了讓爸媽安心，他總要做點事情。他告訴爸媽，自己在一家歌廳演奏，實際上，飛翔每天帶著自己的吉他，每天出門找個人多的地方，就停下自己的自行車，拿出自己自備的折疊式小板凳，然後抱著吉他，就開始演唱起來。他演唱的歌，都是台灣的歌曲，在開頭的第一首歌和結束前的最後一首歌，他總是唱著小雨最喜歡的歌曲〈冬季到台北來看雨〉。

飛翔是學建築的，慕爸和慕媽對於飛翔在餐廳演奏這一件事，總覺得不是什麼正經的工作，而且，也不符合慕家是官家後代的身分。不過慕媽媽疼愛兒子，想想也許過一陣子，她的小飛就會像小時候玩玩具一樣，總是喜新厭舊，很快就會不喜歡這份工作了，於是她也就不太阻攔飛翔，順勢的也跟著哄著慕爸爸，就讓飛翔去吧！

只要飛翔開心，慕媽媽通常會盡力滿足飛翔的慾望。

又過了一個月，飛翔覺得自己太沒有規劃了，繼續這樣下去，是很難找到小雨的，所以他決定把天津分成幾條路線，每天

原來是雨、
不是你

第六章
尋覓

循著一條路線，輪流在固定的地點，固定的時間出現，唱著他安排的每一首歌。

飛翔首先從自己住家附近的「天津之眼」開始，在摩天輪附近找到一處人多的地方，坐下來就開始演奏。

之後的日子，飛翔到了義大利風情區、古文化街、五大道、靜園、世紀鐘廣場、西開教堂，開始他的每一場演出。

然後再走另一條旅遊勝地：中國古城堡、天后宮、石家大院、獨樂寺、張學良故居、大悲禪院、大沽口砲台遺址、周恩來鄧穎超紀念館、鼓樓、名流茶館。

除了浪漫的地方，他也不放棄小朋友喜歡去的地方。天津動物園、海洋公園、歡樂谷。也去大學，南開大學、天津大學。

在校園裡，飛翔年輕、開朗、和英俊挺拔的身材，立刻引起校園學子的注意，尤其是女學生，被飛翔浪漫的行為感動。總在飛翔唱著〈冬季到台北來看雨〉的時候，飛翔身邊就會圍繞著一群女學生安靜的傾聽。

這天，飛翔來到天津大學，抱著他的吉他唱著當時由孟庭葦演唱的歌，小雨最愛的〈冬季到台北來看雨〉：

冬季到台北來看雨　別在異鄉哭泣
冬季到台北來看雨　夢是唯一行李
輕輕回來不吵醒往事　就當我從來不曾遠離

如果相逢把話藏心底　沒有人比我更懂你

天還是天喔雨還是雨　我的傘下不再有你
我還是我喔你還是你　只是多了一個冬季

冬季到台北來看雨　別在異鄉哭泣
冬季到台北來看雨　也許會遇見你
街道冷清心事卻擁擠　每一個角落都有回憶
如果相逢也不必逃避　我終將擦肩而去

天還是天喔雨還是雨　這城市我不再熟悉
我還是我喔你還是你　只是多了一個冬季
天還是天喔雨還是雨　這城市我不再熟悉
我還是我喔你還是你　只是多了一個冬季
只是多了一個冬季

　　旁邊開始有女學生拿起手機幫飛翔拍照，也有人幫他全程錄
影，然後發微博，內容大部分是愛慕飛翔的話語。覺得自己若是
有這樣的男朋友真的就太好了！
　　微博開始發酵，開始有人轉載飛翔演唱的錄影畫面，討論飛
翔，開始有人問起飛翔是誰？飛翔的目的是什麼？開始有人愛慕

飛翔，男同學在微博上詆毀飛翔，罵飛翔是丟了男人的臉面。但飛翔並不以為意。

經過一窩蜂的轉載，大家開始紛紛在微博上討論飛翔和他的女主角小雨。

「好羨慕女主角喔！有這麼帥的男人為自己唱情歌。」
「好希望自己就是小雨！」
「小雨在哪裡？怎麼都沒有回應？」
「好好奇女主角的長相！」
「有人知道小雨在哪裡嗎？」
「小雨不要再躲了，飛翔找妳。」
「小雨怎麼忍得著？我的心都快碎了！」
「有人可以幫幫飛翔嗎？我都替飛翔著急了！」
⋯⋯

網路的力量真的是太強大了！到最後，連電視台訪問都來了，問飛翔到底為什麼要這麼做？要找的人是誰？小雨又是誰？

經過幾日新聞的強力發酵，飛翔被邀請上歌唱節目演唱〈冬季到台北來看雨〉，飛翔在演唱結束，對著鏡頭發出深情告白：「小雨，我回天津來，就是為了找妳，請妳給我一次機會，我們見一面吧！」

這段時間慕翔的努力和上的電視鏡頭不少，已經有許許多多的人知道飛翔在找小雨。但不知道為什麼，小雨像是人間蒸發了一樣，一點音訊都沒有。

尤其現在是網路世代，怎麼可能小雨會不知道自己在找她呢？只有一個原因，小雨刻意在躲避自己，否則，不可能不知道自己在找小雨。

慕爸爸和慕媽媽看到飛翔在電視上的表現，他們終於知道飛翔這一段時間早出晚歸的原因了，他們實在沒辦法接受飛翔為了一個女孩子這樣，實在把慕家的臉都丟光了。不行，慕爸爸要慕媽媽好好管管飛翔才是，慕爸爸要上海的人脈盡快幫飛翔找到一個活兒，讓飛翔離開天津，不可以讓飛翔在天津繼續丟人現眼。

中年婦女自從上次把飛翔趕走之後，自己內心就常常惶惶不安。丈夫看她總是半夜作噩夢驚醒，擔心的問她怎麼了？她總是能瞞則瞞的態度，隨便打發了丈夫。她擔心自己的過去讓丈夫看輕自己，所以婦女對於自己的過去並沒有跟丈夫說太多，對於自己曾經有過小雨這個女兒也從來不提，丈夫根本不知道小雨的存在。

婦女害怕因為飛翔的出現，破壞了她現在美滿的婚姻，和幸福平穩的生活。所以，當上次飛翔來家中找小雨的時候，婦女非常的緊張，很直接就把飛翔給趕走了。

但在這一段時間看電視或上網時，婦女總會看到飛翔為了尋

不原
是來
你是
　雨
　、

尋第
覓六
　章

160

找自己的女兒小雨，可以看到他的用心和對小雨的愛，但她絕對不可以讓慕飛翔破壞自己的婚姻和目前的生活，所以決定要面對慕飛翔講清楚。

飛翔在下了歌唱節目之後，他突然接到一通電話，自稱是小雨媽媽來的電話，要約他隔天見面。

飛翔高興不已，自己的努力終於有了結果。他迫不及待想立刻飛奔過去赴約。但想到要見丈母娘，還是需要經心打扮，和整理自己一番。他發現自己這段時間為了找小雨，每天在外奔波，經風吹雨打，著實曬黑了，也風霜了一些，今天就回家好好打理自己一番。

飛翔想到明天就可以見到小雨，回家一路上都非常的雀躍，想著自己想跟小雨說的話，實在有太多太多話想跟小雨說。突然想到，要給小雨帶什麼禮物好呢？要給小雨的父母親帶什麼禮物呢？飛翔顧不得自己的自行車了。打了一輛快車，就快速往世紀鐘廣場，打理自己明天要帶的禮物去。

隔天，慕飛翔依約到婦女給的地址見面。飛翔推開玻璃門進去。婦女選擇在一間小咖啡廳見面，裡面位置不多，人也很少，似乎是刻意低調選的位置。飛翔一進門就看到婦女已經坐在裡面等他。他驚訝的看著婦女，這不是那天把自己趕走的婦女嗎？

當慕飛翔還在懷疑時，婦人向他招招手，確實是她沒錯。

慕飛翔拉開椅子，緩緩地坐下來，面對婦人，他說：「阿

姨，是你打電話給我的嗎？」

　　婦人將身體坐直了一下，用右手輕輕掩著自己的嘴巴，然後輕咳了一下，似乎有點緊張。然後對飛翔說：「是的。」

　　慕飛翔沒說話，只是用眼神鼓勵眼前的婦人繼續說下去。

　　婦人嚴肅的神色，正了正自己的坐姿，很嚴厲的告訴慕飛翔：「我今天來，主要是要鄭重的告訴你，小雨已經死了，而且已經死了十年了，我希望你停止你荒謬的行徑，從此也不要再來打擾我們的生活。若是你繼續來打擾我們，我會立即報公安，控告你騷擾。希望慕先生，你好自為之！」

　　「阿姨！」慕飛翔還想說些什麼。但婦人並沒有給慕飛翔機會，一說完就自己起身往屋外走，頭也不回的，把慕飛翔遠遠的拋在店裡頭。

　　飛翔面對婦人如此的說法，他想婦人應該不會為了欺騙自己，而對自己說這樣的謊，這樣咒自己的女兒也不好。但是，自己的確在幾個月前和小雨還在台北說笑，一起喝酒，一起開玩笑呢！也跟小雨約定了，回到天津，一定要來找她。假如不是小雨，飛翔自己怎麼可能找到小雨家？怎麼可能和眼前的婦人坐在這裡，談小雨？這一切的一切都讓飛翔想不通。

　　飛翔呆了好一會兒，他整理了一下剛才他所聽到的。他不能相信這一切都是自己在作夢。若是他一個人誤會還不打緊，那台北的朋友呢？林志陽呢？連云馨呢？關建國呢？還有，還有……

原來是雨、
不是你

第六章
尋覓

還有老闆娘呢？難不成大家一起遇到鬼嗎？不可能的，不可能。這到底是怎麼一回事？

　　不行，慕飛翔覺得不可以只聽一個婦人的片面之詞就相信，他一定要找到佟小雨。對了，為什麼自己沒想到用微博來找人呢？更可笑的是，他竟然沒有任何一張小雨的照片。

　　他想到了林志陽，對，林志陽跟小雨出遊，環島期間拍了那麼多張照片。還有，在這之前，他們之前要往南投清境農場途中，發生了車禍，警察，警察那裡有小雨筆錄後的簽名。

　　想到這裡，他立刻給台北的林志陽打電話。慕飛翔拿起手機撥了電話給台北的林志陽。

第七章／再遇見

遠在台北的林志陽，這一天去祭拜媽媽，剛回到咖啡店。

這一天是志陽媽媽離開他滿一個月的日子。志陽回到咖啡店，拉起咖啡店所有的窗簾，然後把每一扇窗都打開，他讓窗外的陽光空氣透進屋子裡，他需要空氣，否則他會憋死。

自從小雨回去天津，志陽也沒閒著。因為媽媽的病情急速惡化，他每天除了例行公事該去巡邏大樹的行程走完之後，就是趕回咖啡店陪媽媽，照顧媽媽，因為他知道自己陪媽媽的時間不多了。

也或許是老天爺可憐他，或者是說媽媽捨不得離開他，媽媽活著的時間從頭到尾超過了醫生的預期，讓志陽和媽媽有長一點的時間相處，彼此理解。那段時間，也因為有媽媽的陪伴，所以志陽並沒有太多時間想小雨，也沒有太多的離愁。但今年冬天，小雨並沒有到台北來看雨。再算算日子，慕飛翔也回去天津半年多了。想必，慕飛翔也應該找著小雨了吧，也許……也許，兩人已經在一起了吧！

也好，在這個咖啡店裡認識的人，若是可以成就一對佳偶，也可以增添幸福的味道和色彩，也符合咖啡店的名字「原來・緣

來」。

　　林志陽回房間梳洗一番，換下今天去看媽媽的一身黑白衣服。他來到屋外的大樹旁，對著大樹深呼吸幾下，然後抬起頭往天空看了一會兒，今天難得有好天氣，有很耀眼的陽光。但冬天的陽光是會騙人的，其實空氣中還是帶著冷風和濕氣，尤其是陽明山上，溫度比平地低了許多。

　　站在大樹下，志陽就想到當時第一次和小雨站在樹下的樣子。當時小雨腳受傷，自己手受傷。兩個傷殘人士，互相支撐對方，來到大樹下聊天。志陽想到那天自己聞到小雨身上淡淡的香氣，讓志陽頓時非常的思念起小雨。

　　人就是這樣，一旦忙碌時，很多事情都可以暫時想不起來。可是，現在媽媽已經不在了，志陽突然覺得一切都空了。突然好想念當時屋子裡的熱鬧，想念媽媽，想念有一群好友，說穿了，其實，志陽想念的是小雨。

　　志陽還在回味和小雨在這棵大樹下的種種，想念小雨的味道和一顰一笑之際，突然他的手機響起，他輕鬆地拿起手機，一接起電話，是慕飛翔。

　　慕飛翔心急如焚，撥通了電話，「嘟……嘟……」電話那頭聽志陽接起來，才「喂～」一聲，飛翔就急著發話：「志陽，志陽。你趕快給我發一張小雨的照片過來給我。」

　　「做什麼用呢？」志陽狐疑的回問。

「你先別問，先發過來給我就是，等一等跟你說明。」慕飛翔這時候著急的沒心情跟志陽解釋。

　　志陽被小飛這種緊急的氣氛感染，於是他掛斷電話之後，立刻找出他和小雨出遊時拍的照片。但志陽也許心裡還是有點不是滋味的，故意找了一張自己和小雨的親密合照，還是小雨笑得最甜蜜的樣子，故意要氣氣慕飛翔。

　　過了好一會兒，志陽耐心等著飛翔來電話解釋，可是卻等了好久都沒回音。

　　當慕飛翔接到志陽傳來的照片，看著照片中的小雨和志陽幸福甜蜜的樣子，心裡著實有點不是滋味，但他也沒時間太多想法，這個時候，最重要的是要找到小雨。所以，小飛刻意用修圖軟體把志陽的部分截圖修掉，只留下小雨的部分，然後把照片上傳自己的微博。

　　這段時間，在網路上，大家相繼流傳飛翔在找小雨的故事，這故事一但被蔓延開來，群起效應的力量是很大的。大家都想要知道小雨到底長什麼樣子？於是小飛才想到竟然自己一直沒有小雨的照片。趁這個熱潮還沒有退，飛翔趕快利用網路的力量，要大家幫忙他尋找小雨。

　　小飛才剛把照片上傳完畢，志陽的電話就來了。

　　「喂，小飛，你怎麼了？為什麼突然要小雨的照片呢？」

　　慕飛翔鬆懈一下剛才緊張的情緒，然後對電話那頭的

第七章　再遇見

原來是雨、不是你

志陽說：「志陽，你聽好了！你先順口氣，然後仔細地聽我
說……。」

　　慕飛翔把他這一陣子在天津發生的事情，以及他如何找小
雨，還有遇到小雨母親之後，小雨母親對他說的話，都一一的說
給志陽聽。

　　志陽一邊聽，一邊緊張的情緒讓他覺得自己似乎在作夢。他
一時不知道怎麼回應小飛的話。只是不斷的大口吸氣，吐氣。

　　志陽呆了，突然不知道怎麼反應，只是問慕飛翔說：「那麼
現在怎麼辦？」

　　畢竟還是飛翔比較清楚這整個過程，他想到當時第一次和小
雨碰面的情形。當天晚上，因為咖啡店遭小偷，小雨的腳受傷，
他要送小雨去醫院，小雨堅持不肯去。好不容易帶她到醫院，卻
又因為見到志陽，小雨硬是不講理的咬了志陽的手，然後吵著要
吃冰淇淋，所以離開了醫院。

　　還有在往南投清境農場的路上，發生車禍，警察到現場時，
小雨緊張的一直發抖的情景。現在回想起來，當時小雨的反應
一切都很奇怪。但小飛記得當時小雨曾經在警察的筆錄上簽名，
只是當時大家都著急，所以，也沒有特別注意小雨寫的名字是什
麼？

　　慕飛翔突然記起這件事說：「志陽，當時發生車禍時，因為
大家急著找你，所以在筆錄的製作上都是分開的問話，所以簽名

也是各自分開簽名的。當時小雨是最後一個製作筆錄的，所以，也是最後才簽名，我們誰也沒有見過她到底簽下的名字是什麼？志陽，你就跑一趟當時處理這件車禍事件的警察局吧！去查查看當時小雨簽的名字是什麼？」

「好的！我現在立刻就出發。」志陽馬上回到屋裡面，抓了一件外套就往外飛奔。他聽小飛講述這一段時間的經過，原來他誤會了。小雨雖然沒有回到台北來看雨，但是，小雨也沒有跟飛翔在一起。小雨，小雨，小雨到哪裡去了？

志陽花了幾個小時的時間，到達南投鄉下，問了當時處理這件車禍事件的警察局，然後再找當時處理這件車禍的警察。沒想到當時處理車禍的警察已經調離那個管區，志陽又經過幾番轉折問到當時處理車禍事件的警察。當志陽找到當時的警察，已經是晚上了。

志陽跟警察說明來意，他想要多了解當天小雨的反應和情況，希望警察可以仔細回想當日的情景。可是時間實在是經過太久了，那位警察雖然對這件車禍印象深刻，但卻也不是每個細節都可以記得，記憶總是隻隻片片的，有點模糊了。

警察抓抓頭說：「我只記得她說她是大陸人，但是卻沒有說是大陸哪裡人？要看她的證件，她推說臨時出遊，忘了帶。但是因為有你們其他人給她作證，再加上她看起來也不像是偷渡客，當時大家又忙，所以也沒有特別講究。這，實在有點記不清

第七章
再遇見

原來是雨、
不是你
168

了。」

　　在這段時間，志陽好不容易依正常程序申請，等拿到文件也已經是晚上，志陽用顫抖的手，慢慢地翻到筆錄的最後一頁，緊張的在字面上尋找著簽名處，他看到了，簽名的地方歪歪斜斜地顫抖的字體寫著：「佟小雨」。

　　是佟小雨沒錯，是佟小雨。於是志陽快速的撥了一通越洋電話給小飛：「小飛，小飛。是小雨沒錯。寫著的名字是佟小雨。」

　　這時兩人都困惑了。一定有一方在說謊。要不然就是……根本不是同一個人。

　　可是假如婦人真的是小雨的媽媽，那麼她為什麼要說謊呢？為什麼要謊稱小雨死了十年了？

　　可是假如不是同一個人，那麼佟小雨現在又在哪裡？為什麼就像人間蒸發一樣？這半年多來，無論慕飛翔怎麼找都找不到。或許是小雨刻意躲著，可是她又為什麼要刻意躲起來呢？

　　慕飛翔此時實在頭痛極了！但有另一件事讓他更頭痛。就是他必須回家面對兩老，對於他上電視找小雨這件事。身為官家後代，慕媽媽已經先來電話，慕爸爸為了這件事已經氣得火冒三丈，慕爸爸再也忍不住兒子這樣胡來，他覺得慕家的臉實在都被慕飛翔這個兒子丟盡了！怎麼可以為了一個女人上電視公開求愛呢？

慕爸爸已經管不了上海的職位好不好，他要慕飛翔立刻回家打包行李，隔天就離開天津到上海去就職。

＊　　＊　　＊　　＊　　＊　　＊　　＊　　＊　　＊

　　志陽看過在南投清境路上出車禍當天的筆錄，他終於清楚當天到底發生了什麼事。但是……他望著小雨的簽名發呆。他實在不了解為什麼明明有這個人，但飛翔卻找不到小雨？小雨真的是小雨嗎？

　　志陽回想這一段時間跟小雨相處的情景，他確定小雨是一個人，一個活生生的人。他沒有理由懷疑，但他實在也想不出辦法來。這一夜，志陽失眠了！

　　另外一邊，在天津的飛翔，慕爸爸容不得他繼續待在天津，怕他會再做出什麼更丟慕家臉面的事情來，所以逼他隔天就如期的飛往上海就職。

　　慕飛翔到了上海一家小小的建築公司上班。飛翔是學建築的，這是一家主要參與內地老式建築更新以及維護的一家公司。這家公司和天津之間有往來合作，主要有一部份是考究老式建築的設計和修補老式建築的工作。

第七章　　再遇見

原來是雨、不是你

公司內部的人員不多，所以，當慕飛翔一到這家公司，難免很快就傳開了。一來是慕飛翔自己的條件好，外表出眾。另一方面，未婚的年輕女子，早就得到消息，慕飛翔是老總好朋友的兒子，是官家後代。即使不圖個什麼，若是可以和慕飛翔交往，也是一種榮耀，以後可以在自己的交往歷史上多增添一筆美麗的色彩。

　　所以，當慕飛翔到這家新公司上班的第一天，就已經有好幾個愛慕飛翔的女性來主動獻殷勤了。

　　當然，這樣一來，飛翔也給其他未婚的男同事帶來了壓力與威脅。第一天，飛翔就吃了一些男性同事的白眼和故意刁難。

　　飛翔好不容易可以熬到下午時刻，偷了個閒到茶水間，給自己泡一杯咖啡。正打算要喝，進來了一位打扮時髦的女性同事，看到飛翔在茶水間：「哎呀！真是巧！」

　　這位女性同事嬌聲的跟飛翔打招呼：「飛翔，聽說你是從台北念書回來的？台北好玩嗎？」

　　「嗯，好玩！」飛翔一反常態，並沒有太熱絡。假如依照平時飛翔的個性，他是很快可以跟大家打成一片的，不僅僅是女性，連男性也會很快跟他變成哥兒們的。只是臨時被爸爸發放邊疆的感覺，他實在沒有心情好好上班，也沒有心情好好結交新朋友。此時此刻，面對主動跟他示好的女同事，他實在沒什麼心情跟對方說笑。

這個女性同事並沒有打退堂鼓，只是把飛翔的態度，當作是因為飛翔第一天上班大家都不熟的原因，並沒有太在意，反而拿出手機更熱絡的對飛翔說：「小飛，你看，這是我們上個月去歐洲拍的一些建築物。我們一夥人，不僅看遍歐洲的古老建築，還吃了許多當地美食，還有這個……」

　　飛翔並沒有很認真看照片，只是應付著，他一直在想小雨到底是在哪裡？她到底是人是鬼？小雨真的是小雨嗎？心中許多的疑問。但在這個女同事分享的照片中，飛翔似乎看到一個熟悉的身影。

　　「等等，等等。」飛翔用食指點住女同事不斷滑動的手機畫面。然後把它往前滑了幾張，指著照片中一個熟悉的女性身影，問：「等一等，這個人是誰？」

　　這個女同事笑笑的回答：「這個是我們當地的導遊啊！她在歐洲已經待好長的時間了！所以，對歐洲非常的熟，又熟悉中文。她……」

　　飛翔這時已經沒有心情聽這位女同事繼續往下說了。這個人，怎麼長得跟小雨這麼像？可是除了五官看起來像，其他，都不太像。小雨是長頭髮，可是照片中的女子是一頭很俐落的短髮。頭髮長度可以變。可是氣質，好像有點不一樣，照片看起來不準。飛翔覺得應該找到本人才行，她要自己確認一下這個人。他激動的雙手握住女同事的雙臂，不斷的搖晃著女同事的雙臂問

不是你

原來是雨、

再遇見

第七章

172

她：「你說，她是你們的導遊，她在哪裡？在哪裡？還在歐洲嗎？」

女同事被飛翔突如其來的舉動嚇了一跳，講起話來有點支支吾吾的：「喔！她……她……，她說他們每半年要回國一次，現在應該是在上海吧！」

飛翔著急的問：「上海哪裡？上海哪裡？」

女同事怯怯地回答：「這……這我也不知道，也許你可以問問她們旅行社的人，也許他們會知道。」

於是，女同事給了飛翔那間旅行社的地址。

飛翔顧不得還沒到下班時間，回到自己的座位，抓著自己的外套就往外狂奔。還因為太急了，外套把自己桌上的東西都給掃到地上了！發出的聲響驚擾到其他同事。男同事還因此抬頭白他一眼，在他背後罵了幾句。

但是，慕飛翔顧不得這些。因為，此時此刻，小雨在他心目中才是最重要的。他一定要解開這個謎，這個人到底是不是小雨？

慕飛翔用最快的速度到達女同事給他的地址。他抬頭一看，是一棟很高級的商辦大樓，上面寫著「〇〇旅行社」。他終於找到小雨了！他高興謎底即將揭曉，於是快步的走上前，要進入大樓電梯，但這是一棟高級的商業辦公大樓，必須在一樓換證件，並且說明身分，以及說明要拜訪的公司和對象，然後保安會打電

話進去那一家公司，確定有約才准許換證入門。

　　偏偏慕飛翔根本不認識這棟大樓裡的任何一個人，瞎掰了幾個人，保安打電話上去問，都說不認識慕飛翔，也沒有約，於是說什麼保安也不放人，慕飛翔沒轍，只好用最笨的方法，也是用最古老的辦法，守株待兔！

　　慕飛翔和保安經過一番的攻防戰之後，只好退出大樓，就在大樓前等待那個照片裡，長得像佟小雨的人出現。

　　等待是漫長的，尤其此刻的心情是如此焦急，一分一秒都是煎熬。飛翔深怕自己錯過「小雨」，所以他幾乎不敢離開大樓，為了減少離開的次數，所以，也不太喝水，就是怕跑廁所。即使肚子餓了，飛翔也是能忍則忍。實在忍不住了，就到附近買個簡單的東西，回到大樓前來吃。

　　這樣的日子，飛翔竟然堅持了一個禮拜！一個禮拜以來，飛翔幾乎可以說是寸步不離這一棟大樓。除了晚上回住宿的地方睡覺之外，也沒好好打理自己的頭髮、鬍子！只是簡單抓一抓頭髮，刷個牙就出門，連早餐都是在路上隨便買個東西帶到大樓前吃的。他的模樣已經快被認為是一個街頭流浪漢了！

　　公司，慕飛翔也索性不去了，他打定主意，就要在這裡等到小雨出現。這日，陽光特別燦爛，飛翔早早的來到大樓前，剛吃完早餐，他看到眼前來了一輛非常酷炫的重型機車，尤其那種重低音的重機聲，令旁人不注意到它都不行，當然，飛翔也被這一

第七章
再遇見

原來是雨、
不是你

174

個聲音所吸引。

　　慕飛翔本來坐在階梯上，看到這一輛重機，也從地上慢慢地站了起來。他看到來到眼前的重型機車被俐落的停在眼前，他正好奇是誰騎著這麼一輛帥氣的車子，從車上下來一位穿著全身黑紅相間的緊身皮外套，再加上一件黑色的皮長褲，身材纖細。這位騎士停好車，把全罩式安全帽摘下來，頭一甩，一頭黑色的帥氣短髮，臉色紅咚咚的，皮膚白裡透紅，五官非常小巧精緻，這長相，這長相……。天啊！慕飛翔看呆了！

　　她……這……。慕飛翔全傻了！這不是佟小雨嗎？慕飛翔一個箭步衝上去，對著她大喊：「佟小雨，佟小雨，小雨，小雨……」

　　這個女子似乎完全沒有聽到慕飛翔的吶喊，也或者是慕飛翔現在的樣子，髒亂得像個街頭流浪漢，佟小雨根本認不出他來。

　　慕飛翔來不及追上去，心想，可能是自己現在的樣子，小雨根本認不出自己來。他伸出自己的雙手一看，指甲黑得嚇人。衣服，還是一個星期前的那一套。現在慕飛翔檢視自己，發現自己這一個禮拜以來，除了回去睡覺之外，累得倒頭就睡，根本沒有洗澡。甚至刷牙洗臉都是有想到才做。但大部分是沒想到這件事的。所以，此刻的慕飛翔，不僅是小雨認不出自己，就連他自己都快不認識自己了！

　　慕飛翔想，趁這個時候，自己隨便找個地方，好好打理自己

一番，想必「佟小雨」剛進入大樓，不會那麼快離開的。於是，慕飛翔立刻到便利商店隨便抓幾樣盥洗用具結帳，然後就近找個酒店進去梳洗一番。

此刻，剛騎著重機到大樓前的女子，似乎跟保安大叔很熟，一進入大樓，一把就把自己的重型機車丟給他：「大叔，車子您先看一下啊！有需要就幫我挪挪，我馬上下來！」

保安笑臉堆滿臉的說：「得叻！快一點下來啊！我只能幫你看管一會兒。」

「沒問題！」一邊說，一邊快步往電梯方向走，頭也沒回。

一上樓，一出電梯，女子習慣的往旅行社的方向走。一進旅行社，櫃台服務女職人員立刻招呼她：「天晴，妳從歐洲回來啦！這麼快又半年啦？」

「是啊！有沒有我的信件？」

服務人員收斂一下笑容，然後緩緩地搖搖頭。

「我只是問問，幹嘛那麼認真？本姑娘長年累月在外地，誰會記得我？給我寫信啊？」天晴開朗的說。

服務人員馬上誇張的笑開懷，安慰天晴說：「晴兒，別這麼說，我們可都記得妳啊！妳可是我們公司的寶貝呢！」

天晴覺得怪彆扭的說：「得了，得了，現在是演哪齣啊？」天晴揮揮手，要大家別肉麻了！卻又誇張的，戲劇性的擁抱對方說：「我可想死妳們了！」

第七章
再遇見

原來是雨、
不是你

176

「夏天晴！」

大家還沒鬧夠，這時候突然出現一句高八度的女人聲音，大喊著自己的名字。天晴連頭都不用轉，就知道是誰。是陳姐。也唯有這個像媽媽又像姐姐的人會這樣連名帶姓的喊她。

這時候陳姐正好端著一杯咖啡從茶水間出來，看到天晴到公司，一方面開心，另一方面正要叮嚀她，心裡正在念著天晴，天晴就出現了，怪不得她要提高音調了。

陳姐顧不得手上的咖啡，把咖啡往桌上用力一放，假裝生氣的說：「夏天晴，妳給我過來，都回國幾天了，妳好意思現在才進公司？公司是短給妳薪水？還是少給妳福利啦？妳……」

天晴立刻上前一把攬住陳姐的肩膀，一邊撒嬌，一邊像哥兒們、好兄弟一樣，攬住陳姐的肩頭，不斷的搖晃。「陳姐，好了！好了！我這不是來了嗎？」

陳姐說：「進來我辦公室，有話跟妳說。」

天晴轉頭向服務人員吐舌頭，做了一個鬼臉，於是，用手指了指陳姐，然後一邊大聲喊著：「好，來了！來了！」

其實陳姐就像天晴的媽媽一樣，有時又像天晴的姐姐，外表看似對天晴嚴格了些，其實，是很關心天晴的。

一關上門，陳姐就一改剛才嚴厲的臉孔，反而心軟了起來，心疼地拉著天晴的手到自己的會客沙發上坐下。

這是一間很簡單的辦公室，只有一張大大的棕色辦公桌，辦

公室中間有一張矮的長條型桌子，桌子旁是一張可以容納三人座的大沙發。

　　牆壁的矮邊桌上面，放置著旅行社多年來拿到的旅遊獎項，牆壁上掛著的，也是得到多個國家審核評鑑的旅行社證書。除此之外，沒有太多的東西，商業氣息很重。陳姐是一個在旅遊業上很衝，很拼命三娘的人物。當陳姐年輕的時候，因為嫁給從事旅遊導覽的老公才進駐旅遊業的。兩人結婚後想要買房，於是陳姐鼓勵老公出來自己開業。因為老公在旅遊業上很專業，導覽部分就交給老公，陳姐就一肩挑起業務開發的工作。

　　但因為老公工作太操勞，開業之後，沒幾年就病倒，走了！陳姐就一肩挑起旅行社的業務。陳姐這個人性子急，業務能力好。所以她的辦公室布置也很簡單，只要跟業務無關的東西，她都不會多浪費時間和空間。所以，進入她辦公室討論事情，絕對沒好事，不是談工作上哪裡做不好，就是業務上要怎麼做才可以更好。所以，只要讓陳姐召見，準沒好事。

　　但今日陳姐要夏天晴到辦公室是不一樣的。陳姐雖然能幹，但其實她不覺得女人要像她這麼能幹。她也不希望天晴步上她的後塵，她總希望天晴可以找個好男人嫁了，然後享她沒享過的清福。但偏偏天晴卻這麼像她自己，所以，陳姐特別心疼天晴。

　　天晴和陳姐也沒有任何血緣關係，只是當初天晴來旅行社應徵導遊，陳姐覺得這個女孩子很有自己的緣，長得也挺好的，又

不是你　原來是雨、　　再遇見　第七章

有一口流利的英語，主動來應徵要當歐美線導遊。在國內要找到一個這麼獨立，又會講這麼流利英語的人，長得這麼標緻的，實在沒幾人，說什麼也要留下來。

沒想到天晴不僅是外表好看，語言能力好。只要是她帶過的團，團員回國之後都會讚不絕口，親友彼此介紹或自己組團，然後到旅行社指名要夏天晴帶團旅遊，陳姐就知道自己當初的眼光沒錯，自己挖到寶了！當然，順理成章的，也就比當初面試她的時候更珍惜她了！

但經過一段時間的相處，陳姐把天晴對工作的拼命都看在眼裡。雖然天晴表面上總是笑口常開，笑臉迎人。但是，總覺得她心裡有事。問她，她又不說。陳姐其實希望天晴可以真正的開心，快樂！當導遊的，若是自己不開心，還得在客人面前強做開心，陪笑臉，這是一件多麼痛苦且辛酸的事啊！

所以，每一趟旅行結束，陳姐就會關心她，這團有沒有認識不錯的男人。這天陳姐拉著她的手，強逼她在沙發上坐下來。「天晴，妳說，這一團怎麼樣？」

天晴裝糊塗的說：「很好啊！我相信這一團結束不久，就馬上又會有人來指名我，要我帶團了。陳姐你的口袋又要飽飽了。」

陳姐往天晴手背上打了一掌：「說什麼呢！誰在跟妳說這個？我不是跟你說這個。我是說，有沒有豔遇？有沒有喜歡的對

象啊？」陳姐一直希望天晴可以有個好歸宿，女人從事這一行，奔波一輩子，不僅沒有安定感，體力和健康對女然來說，都是一大考驗，所以陳姐一直不希望天晴跟著自己一直在旅遊業。

天晴覺得有點不耐煩的說：「唉呦～陳姐，妳怎麼又來了？」

「什麼我又來了？我們多久才見一次面啊？妳給我好好交代，老老實實地跟我說，有沒有？有沒有？」

天晴對陳姐撒嬌了一下，發現沒有用。

陳姐又繼續叨唸著：「這說到底，人啊！不要總是想要靠自己，女人……」

「女人啊！最好，還是有個人可以靠，像我這麼辛苦，得到什麼呢？凡事還是要為自己好好想一想。」天晴不等陳姐說完話，就搶著她的話往下講。然後又往陳姐身上又抱又搖的：「陳姐，妳看，我都會背了，這樣我有沒有把妳的話都記起來呀？」

陳姐並沒有因此放過天晴，接著說：「既然記得我的話，那就該認真的好好看看身邊的男人，不是每個好男人都會等妳的，好男人啊！……。」陳姐發現天晴並沒有很認真聽自己接下來講的話，所以停止繼續叨叨唸，直接問天晴：「那麼這趟有沒有喜歡的男人啊？」

天晴覺得有點煩，沉默不講話。因為她不想一直在這樣的迴圈裡頭，她假如說沒有，陳姐一定又開始要對她曉以大義。她假

第七章
再遇見

原來是雨、
不是你

如說，有，那麼一定會要她交代清楚對方的祖宗十八代。所以，這次天晴選擇不講話。

陳姐耐不住性子：「有沒有？到底有沒有啊？妳倒是說個話呀！妳要急死我呀？」

「不說了！我累了！今天我先走。」天晴站起來，俐落的就往門口逃。

陳姐沒料到天晴這次這麼沒耐性，火氣這麼大，說走就走，一定有事。陳姐在後面大喊：「天晴，天晴，夏天晴……」天晴自從上次回來脾氣就不太好，最近耐受度越來越低，今天更是反常，只是開了個頭，什麼也不說，扭頭就走。這對一向開朗，笑臉迎人的天晴是不一樣的。她最近一定有什麼事。

夏天晴一下樓，快速的跟保安拿了自己的機車鑰匙，管不了平時總要跟保安大叔聊上兩句的，今天拿了鑰匙就走，一點也不管保安大叔在她面前笑臉問候她。

夏天晴前腳走，慕飛翔後腳到。

慕飛翔到大樓前發現重型機車不見了，他連忙進去問保安大叔，「保安，保安，請問一下，門口前的機車呢？」

保安剛才笑臉問候天晴，卻被天晴冷冷的丟在一旁，心情不太好，剛好慕飛翔來問天晴的機車，他正好可以有出氣的出口，他大聲地回答：「不知道。」

「那人呢？騎那台機車的人？」飛翔著急的問。

保安再次沒好氣地回答：「不知道！」

慕飛翔非常的喪氣，好不容易等到人了，這下子可好，訊息又沒了。再這樣等下去，可不知道下一次什麼時候才可以等到人。說什麼慕飛翔也顧不了這麼多了，他看著旅行社的樓層，在八樓，不就是八層樓嘛！他決定，趁保安還在氣頭上，沒空理會他，他一溜煙的就往樓梯口跑。

保安一回神，在他背後喊著：「喂喂，別跑，你別跑呀！你跑那兒去啊？」

慕飛翔頭也不回地往上跑，保安說什麼也追不上他的，不論是歲數，慕飛翔也年輕保安許多。論體能，慕飛翔也是比保安強許多的。慕飛翔一路跑上八樓，看見旅行社，就往旅行社裡邊跑，一副氣喘吁吁的跟服務人員問：「請問，剛才有一位短髮的帥氣小姑娘，穿著一身皮衣皮褲的小姑娘，是不是來過這裡啊？」

服務人員看著慕飛翔，不知道怎麼回答他，陳姐剛好出來重新泡一杯咖啡給自己。看到慕飛翔氣喘吁吁的進來問天晴的下落。陳姐想到天晴剛才生氣的表情，興許是跟這個小夥子有關係。

服務人員看著陳姐一眼，陳姐看了看慕飛翔，於是跟慕飛翔說：「你問的是天晴？你進來我辦公室。」

慕飛翔對服務人員點點頭打了招呼，然後跟著陳姐進了辦公

第七章
再遇見

原來是雨、
不是你

室。陳姐氣派的命令飛翔：「坐。」

等飛翔在沙發上坐定之後，陳姐上下的打量了慕飛翔一番。她眼前的飛翔是刻意打理過的。看他鬍子理得乾乾淨淨的，衣服雖然不是挺乾淨，但也看得出來，也是刻意整理過的。看他的臉倒是一表人才，身高也夠，一副帥氣的模樣。對比剛才一入門那緊張的模樣，陳姐自己心裡想，這小夥子，肯定是喜歡上天晴。不知道是哪一團的團員，追天晴追到這裡來了！

陳姐說：「小夥子，妳是怎麼認識我們家天晴的？」

飛翔也不疑有他，直接回答：「在她到台北旅行的時候。」

陳姐訝異的，懷疑的問：「台北？」

這得好好追究一番了，兩人講的是同一個人嗎？

飛翔跟陳姐好好聊了一段時間，經過陳姐的解釋，他也不確定天晴是不是就是小雨，他跟陳姐要了天晴的行程表，但說什麼，陳姐也不願意把天晴住的地方告訴他，只是大略說了幾個天晴會去的地方。

於是飛翔打了電話給志陽，跟志陽說這一段時間的經過。「志陽，你快到上海一趟，我需要有人商量，需要你過來幫忙確認一下天晴是否就是小雨？」

志陽等了好幾天電話，飛翔終於打電話來了：「好，好，你等我，我立刻飛過去。你給我手機發個地址，我過去。」

「不用，我會到機場接你，你快來吧！」飛翔覺得也別浪費

時間了，等志陽找到他，倒不如直接去接志陽比較快。再說，志陽對上海也不熟，可以節省時間最快的辦法，就是與志陽在機場會合。

　　志陽掛斷電話之後，立刻撥了一通電話叫車，然後，馬上進房拿起早已經準備好的行李，就出門了。志陽心裡其實比飛翔還急，也想快一點找到答案。可是志陽不知道飛翔和小雨兩人的下落，飛翔遠在天津？這時候怎麼又會跑到上海去了呢？飛翔找到的人是小雨嗎？怎麼會說是一個長得很像小雨的女子叫天晴？他心中有諸多疑問，但這時候什麼都不清楚，什麼也不能斷定，只能先到上海之後再說。

第七章
再遇見

原來是雨、

不是你

第八章／衝突

　　志陽一到上海浦東機場，飛翔早就等在入境處，一看到志陽，飛翔大喊：「志陽，志陽，這兒，這兒。」

　　志陽一看到飛翔，立刻上前問：「小飛，怎麼樣，你電話裡說得不清不楚的，到底是怎麼一回事啊？」志陽此刻顧不得自己剛下了飛機，還沒來得及熟悉一下環境，倒是先問起飛翔事情的緣由經過。

　　飛翔接過志陽的行李，然後往計程車站走，一邊跟志陽說：「先上車，車上我再好好跟你說。」

　　上了車，飛翔把這一路在天津發生的事，見到小雨母親的事，然後到上海，自己看到的小雨，然後見到陳姐之後，陳姐所告訴他的，都一一詳細的說給志陽聽。

　　說完，兩個人都被弄糊塗了！頓時志陽也無從判斷起。一時，車上兩人都沒了聲音。還是飛翔先回過神來！跟計程車司機說：「師傅，麻煩轉個向，先到南京步行街。」飛翔給計程車司機一個地址，然後轉過頭來跟志陽說：「先去吃個午餐吧！你才剛下飛機，我想你應該也餓了！今天先好好休息，明天，我們再好好去觀察一下夏天晴，看她到底是不是佟小雨？」

「好！你說了算。」志陽說實在也有一點疲憊，因為一路上他心裡忐忑不安，一直想著這中間的關聯，再將自己和小雨出遊的過程仔細的想了一遍，他越想越思念小雨。聽到飛翔跟他講的事情，讓他一下子都弄糊塗了。

　　人越是心急，神經越是緊繃，也就特別容易累。志陽被飛翔這麼一提醒，他才發現在飛機上，心裡有事，飛機餐也沒吃什麼，現在肚子倒是真的有一點餓了。

　　車子來到上海最熱鬧的南京步行街，飛翔要志陽下車走一段路。他說：「志陽，來到上海，一定得到這個步行街來看看，這裡可熱鬧了。」然後飛翔壓低聲音跟志陽說：「其實，我對上海不太熟，這個時間，也不知道帶你到哪裡吃飯好，這裡是上海最熱鬧的地方，我想這裡多少一定有你喜歡吃的。」

　　志陽其實此刻沒什麼心情吃飯，但對於飛翔這麼熱心替自己想，也不好讓飛翔沒面子，走了一大段了，志陽還是沒看到想吃的東西。

　　說實在的，走在不熟的街道，除了小吃看得到，其他店面是賣些什麼？吃些什麼？志陽根本不知道，要他決定吃什麼好？實在有點為難他了！

　　飛翔看到不遠處的招牌寫著海底撈，他開心的大喊：「海底撈，就海底撈吧！這台北也有，志陽，你可以吃吃看，是台北的海底撈好吃？還是上海的海底撈好吃？」然後回過頭問志陽的意

第八章
衝突

原來是雨、
不是你

見：「怎麼樣？」

　　志陽對飲食一向沒什麼特殊要求，倒是小雨很喜歡吃海底撈。這時候飛翔又提起海底撈，讓志陽突然更想念起小雨了。志陽轉頭對飛翔說：「好，就海底撈吧！」

　　進入店家之後，飛翔挑了角落的一個位置，一來，可以和志陽好好講講話，討論一下明天的行程。二來，他看志陽的確也是累了，挑個角落一點的位置，也比較清靜。

　　自從在台北，和志陽媽媽做伴的那一段時光，志陽媽媽讓飛翔覺得自己和志陽似乎是兄弟。志陽媽媽關心著飛翔每天有沒有吃飯，衣服有沒有穿暖？到了咖啡店就主動煮好喝的咖啡和飛翔分享，簡直是把飛翔當自己的兒子一樣在照顧。也許當時志陽媽媽是一種移情作用，看飛翔跟志陽差不多歲數，又是朋友，志陽又不在她身邊，很自然的就把飛翔當兒子看待。

　　也許是經過那一段時間，飛翔看著坐在自己面前的志陽，他也覺得志陽像是自己的哥哥，他突然好想老闆娘。於是他問起老闆娘：「志陽，老闆娘呢？她還好嗎？」

　　志陽聽到飛翔問起自己的媽媽，他提起頭看了飛翔一眼，然後平靜的說：「她走了！」

　　飛翔突然覺得自己問了一個很不對的話題，突然兩人安靜了片刻。

　　還是志陽先打破沉默：「沒事，我媽媽都走了一個多月了！

她調適得很好。她已經比醫生判定的時間活得還久，她很滿意了。我也很慶幸可以陪在她身邊。沒事，兄弟。」

飛翔拿起桌上的茶杯，向著志陽，示意他乾一杯。

志陽也拿起桌上的茶杯，兩人沒有說話，默默的乾了一杯。

志陽接著說：「飛翔，你放心，我媽媽最後還記得你呢！她很感謝你，在我不在的那段時間陪她，她說，她把你當兒子看，要你好好的過生活，將來結了婚，生了孩子，去看看她，跟她說一聲。」

飛翔突然惆悵了起來，低下頭，眼睛裡似乎有淚水在裡面打轉著，然後飛翔再抬起頭，聲音有點哽咽：「我也是把她當媽媽照顧的，來，兄弟，我再敬你一杯。」飛翔拿起桌上的茶杯，感性的再敬志陽一杯。

飛翔對志陽媽媽是用真感情在照顧她的。至於對志陽和小雨的交往，也是真心祝福的。若不是知道志陽跟小雨只做了21天的情侶，現在飛翔可能也不會重新追小雨。可是窈窕淑女，君子好逑。既然知道，小雨可能，就只是說可能，可能也沒有真正愛上志陽，那麼飛翔就有機會，也有了理由重新追求小雨了。只是現在這一團迷團，把兩個大男人都搞混了。

接下來的時間，兩人好好的用餐，對於小雨的事情，兩人也就不再提起，只是聊聊彼此這段時間以來，都做了些什麼事，發生了哪些烏龍事件。飛翔說起他這半年來，為了尋找小雨所做的

第八章
衝突

原來是雨、

不是你

事情，讓志陽聽得目瞪口呆，志陽想假如是自己，一定沒有勇氣這麼做的。但是飛翔就是這麼勇敢。可以不管自己的身家背景，不管家中父母的眼光和限制，就是一頭栽進尋找小雨的行動裡。

　　而自己呢？志陽想想，假如自己面對這樣的事情，是否可以有飛翔這樣的勇氣？勇氣與放棄之間，一線之隔！有時一個人不經意輕描淡寫的勇氣，卻是另一個人不加思索的放棄。在這方面，他覺得自己實在不如飛翔。但這並不代表，自己要放棄小雨。

　　經過一頓飯的閒聊，志陽和飛翔似乎找回往日的情誼。飛翔將志陽帶回到自己的住處，然後指著床說：「今晚我就把床讓給你一晚吧！你好好休息，明天一早，我們再出發去找『小雨』。我睡客廳。」說完，飛翔就到櫃子抱了一條毯子，然後走出房門，到了房門口，又折回來，跟志陽說：「看在你今天累了的面子上，招待你一下，說好，只是讓給你一晚喔！明天換你睡客廳。」

　　志陽拿起枕頭往飛翔丟過去：「去你的，謝謝你啊！明天還給你。小氣。」

　　然後志陽拉起棉被，不管飛翔，故意敞開雙手，像一個大字樣的躺在床上，大喊了一聲：「好舒服啊！」

　　飛翔也故意大力的關門，說：「好好做你的春秋大夢去吧！」然後抱著毯子到客廳的沙發去躺著。

這一晚，兩個人都累了！著實好好的睡了一覺。

隔天，志陽早早起床，來到客廳，看到飛翔睡得快掉下去沙發的樣子，覺得好笑。像飛翔這樣的人，到哪裡應該都可以睡得很好，過得很好。不像自己，凡事擔憂，常常總是把話放心裡，反應總是慢半拍。他很感謝飛翔把床讓給自己，他沒有把飛翔吵醒，自己走到浴室梳洗一番，然後到廚房準備兩人的早餐。這時飛翔聽到廚房傳來的聲音，才被吵醒。

飛翔揉著惺忪的雙眼，穿著室內拖鞋，來到廚房，看到志陽正在煎荷包蛋。「怎麼？做起家庭煮夫來了？這麼賢慧？」飛翔故意對志陽這麼說，因為他對於自己睡得這麼熟，還讓客人自己起來張羅吃的，實在很不好意思，故意先發制人。

志陽看著飛翔腳上的室內拖鞋，回頭繼續手上的動作，頭也不回的跟飛翔說：「你就不用客氣了，只要說一聲謝謝就可以了！你看看你連鞋子都穿反了。趕快去梳洗一下吧！等一下吃好早餐，我們還有重要事情呢！」

飛翔被志陽這麼一說，低頭看一下自己的雙腳，哈哈，真是的！自己真的還沒清醒呢，這一段時間實在是太累了，累積的疲憊一下子釋放，睡到自己不省人事。雙腳穿的拖鞋都穿反了，自己也沒有感覺。

飛翔看著自己的雙腳，慢慢的把鞋子穿正。然後，打了一個哈欠。對喔！今天還要去找小雨呢！他回頭跟志陽說：「兄弟，

不是你

原來是雨、

第八章
衝突

謝啦！」然後就快步走向浴室梳洗去了！

　　等飛翔再從浴室出來，志陽已經準備好一整桌的早餐了！飛翔睜大了眼睛，看著滿桌的早餐，有吐司，有醬菜，有煎荷包蛋，還有一些他自己都不知道自己家裡有的東西。

　　志陽對小飛說：「坐吧！開動。」然後志陽不等飛翔坐下來就自己開始吃起早餐了。

　　飛翔自己拉開椅子，一邊拉椅子，一邊說：「你怎麼這麼厲害？我家有這些東西我怎麼不知道啊？」

　　志陽自顧自的吃著早餐，然後一邊說：「我看你根本沒打開過你家的冰箱吧！冰箱裡滿滿的食物，看起來似乎也沒動過。趕快吃吧！再不吃，早餐都要涼了！」

　　飛翔聽志陽這樣說，才開始動手吃早餐。他想到了，當時他被爸爸叫回家，臨時要他立刻離開天津到上海，爸爸就已經叫人打理好住處了。這屋子裡的每一樣東西，應該也是媽媽擔心飛翔受苦，叫人特別收拾整理的。冰箱裡面的東西，應該也是媽媽叫人事先準備好的。只是一到上海不久，從同事那裡看到了小雨的照片，他就……。後來，也沒有時間好好的了解這屋子內的東西。幸虧志陽來了，否則他永遠不知道媽媽為自己做了什麼。

　　兩人吃完了早餐，飛翔拿出從旅行社陳姐那裡要來的一份夏天晴最近的行程表，和她平常會去的地方。

上午，夏天晴通常到健身房去鍛鍊自己。體力是做導遊最重要的根本，不僅要早出晚睡，還要隨時可以處理客戶的需求，有時還要回應公司的會議。再加上天晴跑的是歐美線，時間上常常總是和上海日夜顛倒，身體的調節性，總要比一般人好一些。上午也是健身房最安靜，比較沒人的時段，所以天晴總是習慣上午時間到健身房鍛鍊自己的體力。

　　志陽和飛翔早就等在健身房門口了！聽到遠處傳來一陣重型機車的低沉聲音，飛翔用手肘撞了撞身旁的志陽，示意他，來了！來了！就是這一台重型機車。

　　重機來到健身房門口，果然停下來了！騎士停下重機，然後右腳往後一抬，帥氣的從機車上下來。然後她解開自己的全罩式安全帽，把安全帽摘下來，把頭往後甩一甩，是個短髮，帥氣的美女。

　　她，她……她是小雨沒錯。

　　女騎士來到健身房門口，有一個服務人員湊過來，她開朗的跟對方打招呼：「小雷，今天輪你站班啦？鑰匙給你，可得好好照顧我的機車啊！很貴的，你可賠不起喔！」

　　服務人員堆滿笑容回答：「沒問題，我怎麼敢讓它受傷，我就算在這裡站一輩子，也賠不起，你放心，晴姐，我會照顧好它的。」

　　志陽和飛翔躲在一旁，偷聽他們兩個人的對話，聽到服務

第八章
衝突

原來是雨、
不是你

人員叫她「晴姐」，兩人面對面看了一眼，沒有聽錯吧？叫她晴姐？的確叫夏天晴？不是佟小雨？可是……，可是……。

志陽和飛翔並沒有打草驚蛇，認為應該再多觀察一下才好。他們假裝要進去體驗一下健身房的器材，所以進入健身房，買了基本時數，便尾隨天晴進入健身房主間運動。

他們總是在天晴附近運動。天晴一進入健身房，就到一個大鐵櫃前，打開一個格子櫃，然後往更衣間走。由此可見，天晴在這裡已經是老會員了，熟門熟路的。這倒顯得志陽和飛翔兩個人真的是第一次到這家健身房，什麼也沒有。只好一個去跑步機做小跑步，一個就在不遠處做做暖身操，等天晴出來。

看見天晴出來，天晴穿了一件螢光黃色的運動背心，顯露出好身材來。底下配了一件及膝的黑色運動褲，非常的貼身。整個好身材，看得志陽和飛翔是血脈噴張。

天晴按平時運動的程序，做暖身操，然後到跑步機上小跑步，然後到啞鈴區拿起一個小罐礦泉水瓶大小的啞鈴，開始鍛鍊自己的手臂肌肉，然後到重訓區，鍛鍊自己的大腿內側，外側肌肉。再到拉桿處訓練自己的背部肌肉。等天晴幾乎把自己從頭到腳該鍛鍊的地方都鍛鍊了一遍，時間已經快中午了。

志陽和飛翔很不可置信看著這一切，這不太像是他們認識的小雨。印象中的小雨，弱不禁風的，而且非常的內向，每回一笑起來，還會用自己的手稍稍遮掩一下自己的嘴巴，總是一副很害

差，不好意思的模樣。哪是現在看到的天晴這樣？不僅鍛鍊自己身體的各個部位，這一看起來就是平常習慣的動作和生活模式，內向害羞的小雨，是不可能做這些事的，更不可能做得如此輕鬆和熟練。

再看天晴和健身房裡的教練，還有和一起早上來健身的陌生人，總是可以聊上兩句，這種外向和開朗的表情，都是在小雨身上看不到的，也許夏天晴只是剛好長得像佟小雨的人罷了！這不可能是小雨。除了五官像小雨之外，其餘的，不論是性格，還是動作舉止，沒一個地方像小雨的。

在志陽和飛翔兩人還在偷偷觀察天晴時，其實天晴早就發現兩人了！雖然天晴臉上面不改色，但天晴心裡的確像大地震一樣。當她看到飛翔時，她就緊張了一下，趕快四處看了一下，志陽在不在現場？

當她看到志陽在飛翔不遠處故意做著暖身操，她心裡不禁吶喊：「不好。被發現了！」但她不可以打草驚蛇，不可以被發現自己其實認識他們。為了不被發現，天晴刻意裝做不認識他們兩個人，一樣照著平常運動的程序，做著她該做的運動。但其實她還是有點刻意離兩個人遠一點，避免說上話。

但看似平淡，天晴的心裡緊張得要命。假如他們過來跟自己講話呢？怎麼辦？該講些什呢？假如被他們發現自己……。

天晴看似認真的做運動，其實每個動作都比平常少好幾個

第八章
衝突

原來是雨、
不是你

194

次數，她想要趕快結束離開這裡，趕快離開他們兩個人，時間越久，越容易露出馬腳。

天晴怕自己扛不住。於是，快速把該做的運動器材做過一遍就進入更衣室，換好衣服，再回到鐵櫃前，放好自己的運動鞋。她開著鐵櫃門，久久沒有關上，故意用鐵櫃門擋一下自己，讓自己的視線可以稍稍的觀看一下志陽和飛翔。

天晴看到志陽，突然胸口有一陣痛，像被針插了一下似的，糾結了一下。她把鐵門輕輕的關上，雙手還停留在鐵門上，讓自己稍稍的喘了一下氣，調整了一下情緒，然後才離開鐵櫃，往健身房門口走去。

到了健身房門口，跟看門的服務人員要了鑰匙，小雷跟天晴是老朋友了，看見天晴今天這麼早就要離開，還刻意跟天晴聊了兩句：「晴姐，怎麼今天這麼早就要走了？」

「是啊！今天狀況比較不好，就不勉強自己了。我的機車鑰匙給我吧！」

小雷說：「晴姐，既然狀況不好，今天還是讓我服務妳吧！我給妳拿車去。」

「好吧！」天晴就在門口等服務人員去幫自己拿車，天晴從門板上的鐵片看到自己身後，志陽和飛翔正在自己的身後觀察著自己，於是她從自己的口袋拿出口香糖，撕開一片，然後嚼啊嚼的，斜站著，用一隻手靠著服務櫃台，腳踩著數拍子，然後看著

櫃台的牆壁寫著的字，是健身房的開放時間，她突然把口中嚼著的口香糖一吐，往牆上的字吐去，試圖想黏住開放時間的字。雖然沒有命中，她也不以為意，轉過身看著門外，看到自己的機車來了，拍拍自己靠在服務櫃台上的手，就往門外走去。

志陽和飛翔看著這一幕，都看呆了。此時兩個人互看了一眼。她，真的是小雨嗎？

不，她不是小雨，她是夏天晴，只是臉蛋剛好長得很像而已。

天晴走出健身房門口，發現自己走得太急，忘了自己的全罩式安全帽還放在服務櫃台上呢！於是她跑回來拿，在櫃檯邊敲了自己的頭，罵了自己一句：「阿呆」。這一句阿呆，讓志陽像是被雷打到一樣。這不就是小雨叫著小狗「阿呆」的口氣嗎？

志陽差一點就被天晴騙了！她是小雨，沒錯！她就是佟小雨。

志陽跑出去，大喊著：「佟小雨！」

天晴急著離開，想立刻發動機車，才剛要轉開機車鑰匙，志陽已經趕在她之前摘下天晴的重型機車鑰匙，猛喊著：「小雨，小雨，妳不認識我啦？我是志陽。志陽啊！」

天晴著急的說：「先生，你認錯人了！認錯人了！我不是佟小雨，我是夏天晴。」

志陽激動的抓著她的手臂：「不可能，不可能的，我明明聽

第八章
衝突

原來是雨、
不是你

196

見妳剛才那一句阿呆，那是妳叫我們的狗兒子阿呆的口氣。我不會認錯的。」

這時候站在一旁的飛翔也猛幫腔，其實他看不出來眼前的夏天晴，是不是就是佟小雨，但看志陽那麼確定，他也跟著說：「小雨，假如妳真的是小雨，那麼就不要再騙我們了，若是妳有什麼苦衷，都可以說給我們聽，我們真的找妳找得好辛苦，妳就不要再躲我們了！好嗎？」

天晴有點不耐煩的說：「兩位先生，你們認錯人了，我說了，我不是什麼佟小雨，我叫夏天晴。請你們讓開，要不然我叫人囉。」

這時小雷看著天晴被這兩個男人纏著走不開，也不知道到底發生了什麼事，愣在一旁，也不知道怎麼辦好。

天晴對小雷說：「小雷，幫我把這兩個變態男人拎走，別在這裡跟我鬧事。」

「好。」轉頭就對著志陽和飛翔大喊：「去去去，別在這裡鬧事，打擾我們的客人，小心我叫公安囉！」小雷是健身房特別挑選過的，他是健身房的門面，不僅身材看起來像健身教練，還要有抵擋鬧事人的能力。看見他的身材，想來健身的，有時還會指名要小雷當健身教練。若是來鬧事的，看見小雷的身材多少也可以起一點嚇阻的作用。

就在小雷與志陽和飛翔周旋的過程，天晴順利的脫離了志

陽和飛翔的糾纏。天晴直接回到自己上海的家，她一回到家，直接衝進房間，捧起自己屋子裡的東西，把桌上的擺飾，碗盤都給掃到地上了。天晴「啊～啊～」的嘶吼了一陣子，像是要把自己的心中的憋氣都吼乾一樣。一邊砸東西，一邊大喊：「你們為什麼要來？你為什麼要來，你為什麼要認出我？我不喜歡你，我恨你，我更恨我自己。」

這樣叫囂一陣子，天晴都不知道自己到底在說什麼。

這一哭，一捧的，也不知道過去了多少時間。天晴似乎把這一陣子忍住的淚水一次倒完一樣。她坐在自己屋子的地上，面對自己屋裡的一片狼藉。本來天晴就不是一個會整理屋子的人，東西也是東放一個，西放一塊的，現在整個屋子更看不出秩序了。她坐在地上喘著氣。

當她知道飛翔從台北到天津找自己的時候，她就趕快離開了天津到上海。後來網路發酵，大家開始幫飛翔找小雨的時候，她怕自己被找著，於是她跟旅行社申請跑歐美線，離開上海，離開大陸，就是希望可以因為時間拉長，讓飛翔忘了自己，不再找自己。更希望因為時間的拉長，可以讓自己停止想念林志陽。

但誰知道，躲了那麼久，還是遇到他們兩個了。當今天一看到志陽，天晴突然意識到這陣子自己的忍耐都是沒用的。忍得越久，只是加強了思念志陽的強度，只是讓自己的思念加深。原來，自己從頭到尾，根本沒有忘記志陽。

第八章
衝突

原來是雨、
不是你

天晴剛從台北回到天津時，那段時間天晴是很難熬的。因為每天無論做什麼事，她總會想起志陽。想起志陽的笑容，想起志陽的貼心，也想起志陽的憨。天晴非常懷念和志陽環島旅行的時候，不論是豔陽天，還是雨天。不論是山上，還是海邊，她都很想念。還想念兩人一起撿到的流浪狗「阿呆」。也時常想念和志陽一起逛夜市，吃小吃的時刻。

天晴非常想念志陽。

但是，天晴也非常痛苦。因為她不應該愛志陽的。因為志陽愛的不是自己，她愛的是姐姐佟小雨。

天晴哭了好長一段時間，她到書桌旁，拉開椅子坐下來，拿出抽屜裡面的紅色日記本。這是姐姐佟小雨死前交給她的日記本。她翻開用書籤做記號的地方，那是她開始幫姐姐小雨繼續寫日記的開端。再往後翻幾頁，她看到了自己寫下：「佟小雨，你終於談戀愛了！」再之後，她看到志陽做給小雨的楓葉，紅色金閃閃的楓葉枝，沒了楓葉肉的葉脈片，此刻自己的心情就像這片楓葉，心中的肉都被掏空了！

天晴喃喃自語的告訴自己：「志陽愛的是佟小雨，不是夏天晴。我不能愛志陽！」

當志陽在被天晴擺了一道之後，他急衝衝的趕回旅行社找陳姐，不管陳姐怎麼說，志陽就是賴著陳姐，用盡各種辦法，軟硬兼施的說服陳姐告訴自己天晴的住處。

陳姐被志陽的真誠感動了，他本來就希望天晴可以找到一個好男人，現在出現在自己面前，就是一個這樣的人。她可以從志陽焦急的樣子和一心要找到天晴的樣子，她相信志陽是真正喜歡天晴。

而且這陣子，天晴奇怪的行徑，還有突然變憂鬱或者發呆，陳姐想，一定都跟眼前的男人有關，於是她給了志陽，天晴的家裡地址。

第八章
衝突

原來是雨、
不是你

第九章／真相

　　志陽從陳姐手上一拿到天晴家地址，就飛奔出旅行社，立刻打了一輛車，追到天晴家門口。志陽對了對手上的地址，是這裡沒錯。看起來像是一般單身的人租的套間，就像是台北的小套房一樣的。整棟大樓看起來並不是很好，沒有嚴密的管理，也沒有管理室，志陽沒辦法進去，也沒有人可以問。志陽只能等，只能用最傳統也最笨的方式，等待裡面的人出門，等待天晴。

　　天晴哭了好一會兒，剛好在志陽來之前，她出了門。也許是哭累了，也許是故意告訴自己應該要振作，刻意提醒自己，把自己的思緒拉回現實。志陽喜歡的是佟小雨，不是自己，夏天晴。無論如何要保持清醒。再說，事情都過去了那麼久，也該放下了！

　　天晴出門吃晚飯，努力的想讓自己回歸日常軌道。吃了晚飯，天晴拎著一袋零食、礦泉水還有幾罐啤酒回家。家附近燈光暗，快到家門口，天晴看到路邊一隻流浪狗，看似餓了，她蹲下來，伸手進自己剛買的塑膠袋裡摸了一會兒，拿出一塊餅乾，幫小狗扒開餅乾，讓小狗吃，還開了一瓶袋子裡的礦泉水，倒一點水在自己的手心餵這隻狗狗。這些舉動看在志陽眼裡，是多麼的

熟悉，她就是佟小雨沒錯。

　　天晴看著小狗吃東西，也喝了水，才滿意的站起身，像平常一樣開了門，正要進門時，突然聽到有人在自己背後叫了一聲：「小雨」。

　　這聲小雨叫得如此熟悉，叫得讓天晴如此想念。天晴停下手中的動作，站在原地一會兒，始終沒有轉身。久久天晴才回過神來，應了一句：「你……你認錯人了！」轉眼進了門，反手就想把門蓋上。突然被一個力道擋住，天晴看了一下門縫中有一隻手掌被門夾住了！她趕忙把門再次打開，連聲說：「對不起，對不起。」看著眼前的人，是志陽，志陽找到家裡來了。天晴連忙又把門關上，這次志陽直接把門給推開，然後把天晴給按在門邊上。

　　志陽把自己的臉湊近天晴的臉，很仔細的看著天晴，即使燈光昏暗，他可以確定，眼前這麼叫夏天晴的女子，就是佟小雨。

　　夏天晴被林志陽按在門邊上，燈光又是這麼的暗，兩個人又是這麼近距離的靠著。天晴可以感受到志陽急促的呼吸就撲打在自己臉上。這種感覺，讓他想到第一次在咖啡店屋外的大樹下，第一次志陽也是這樣跟自己這麼近距離的獨處。想到這裡，她覺得自己的臉開始發燙。

　　志陽很仔細的，小心的再一次確認天晴的長相，然後喊了一聲：「小雨。」

第九章
真相

原來是雨、

不是你

這一聲小雨，把天晴給喊回現實了。

天晴大力的推開志陽，生氣的對他說：「先生，今天上午我就跟你說過了，你認錯人了！我不是你口中的什麼小雨，我是夏天晴。夏天晴！」天晴用力的加重語氣。

志陽不放棄，固執的說：「你騙我，你騙我，你明明就是佟小雨，剛才我在你身上聞到熟悉的味道，那是小雨的味道。我不知道你為什麼要改名字。我不管，你是佟小雨也好，夏天晴也罷，你就是我要找的人。」

天晴覺得自己再跟志陽糾纏下去，她會禁不住的。於是她拋下一句：「隨便你。」然後就跑著上樓。

志陽跟在她身後追跑著上樓。

天晴開了門，進屋前惡狠狠的瞪了志陽一眼，似乎在跟他說著：「你再進來，我就要叫人了！」然後用力的關上門。

就在門要被闔上之前，志陽擋住了門，用力的推了一下，從門縫中閃進了屋裡，門順勢被天晴用力的闔上了。

天晴嚇了一跳，一下子站得不穩，整個身體跌進志陽的懷裡。志陽就靠在剛被摁上的門板上，天晴這一跌跤，志陽把她一把接住，整個摟進懷裡。頓時，時間似乎暫停了一般，天晴有點愣住了，這個熟悉的擁抱，溫暖的胸膛，讓她魂牽夢縈的想念，這……。

天晴努力的從志陽懷裡掙脫，覺得自己了臉滾燙到不行。站

直了自己的身體，然後背轉過自己的臉，不敢看志陽，她深怕自己漏了餡。

但天晴不知道剛才從一進門，她的眼神，她的心思和她害羞的表情，每一樣都看在志陽的眼裡，她早就露了餡了。

天晴怒斥著志陽：「先生，你到底要我說幾次，我不認識什麼佟小雨，我也不是佟小雨，我是夏天晴。你再這樣糾纏不清，我就叫公安了！」然後，天晴轉過身對志陽繼續說：「再說，你這樣擅自闖入別人的住宅……。」

天晴的話還沒有說完，志陽就把她一把擁進懷裡，然後用自己兩片嘴唇抵住天晴的嘴唇，不再讓她說出話來。

天晴被志陽突如其來的動作嚇到了，努力的掙脫志陽的雙臂，無奈志陽的雙臂像緊箍咒一樣，天晴越是用力掙脫，志陽就抱得越緊。

天晴努力的掙脫，掙脫不了就用腳跟大力的往志陽的腳背上一踩，痛得志陽立刻鬆開雙手，猛抱著自己的腳哇哇大叫了起來。

天晴惡狠狠的瞪著志陽，腮幫子氣得鼓鼓的：「這位先生，我說過了，我不是什麼佟小雨，也不認識什麼佟小雨，我是夏天晴，你再不客氣，我就報公安了！」

天晴拉開大門：「我命令你立刻離開這裡，否則別怪我不客氣！」

第九章
真相

原來是雨、
不是你

204

兩人愣在當下，僵局了一陣！

　　過了一會兒，志陽把大門緩緩的關上。然後，正面對著天晴說：「好，天晴。我叫妳天晴，我們可以好好談一下嗎？我為我剛才的失態道歉，但我相信妳就是我要找的人。」

　　天晴立刻轉過身，往沙發走，然後把自己一屁股跌坐在沙發上，不發一語。雙手抱著胸，臉頰紅咚咚，雙眼惡狠狠的盯著志陽看。

　　天晴的房間並不是很大，她刻意把自己的房間擺放上一張兩人座的小沙發，再放一張小橢圓型的桌子，感覺就是一間客廳了。但沙發的背後不遠處就是床了。床邊有一張小書桌和椅子，書桌上放著一本紅色外皮的日記本。

　　志陽自從進來天晴的房間，還沒有仔細的看過，突然他看到放在書桌上的日記本。這是他熟悉的日記本，他連忙快步的走過去，拿起日記本，然後對著天晴說：「這是什麼？」

　　天晴著急的從沙發起身，怕日記本洩漏了其中的祕密，她趕緊跑過來要搶走志陽手上的日記本。沒想到志陽高挑的身材，再加上把手往上一舉，天晴根本拿不到志陽手中的日記本，反倒日記本在志陽手中抖著抖著，就把夾在內頁裡面的楓葉給抖出來了。

　　楓葉從日記本裡飄啊飄的，飄到了地上，就在志陽的腳邊。天晴立刻彎下腰想要去撿起來，卻被志陽先一腳踩在楓葉上了！

天晴蹲在志陽的腳邊，把頭往上一抬，看著志陽，彼此愣著好一會兒。

天晴急著心裡想找藉口，怎麼說好呢？

志陽把天晴從自己腳邊拉了起來，有種勝利的微笑在志陽嘴邊蔓延開來。

天晴只能愣愣的站著，看志陽蹲下身去把那片楓葉撿起來。然後對天晴說：「妳還說，妳不是小雨？」

小雨跳啊跳的，想要搶志陽手上的那一片楓葉，跳了幾次都搶不到，於是放棄，走到沙發坐下，頭也不回的對志陽說：「隨便你。」

志陽走過來，在沙發的另一邊空位坐下來：「隨便我？」

天晴看他坐下來，跟自己就差一點碰上了，她馬上就站起來，又走回書桌前的椅子坐。

志陽也沒放過天晴，他又跟到書桌前，這次他把自己的臉湊得更近了！「怎麼隨便我啊？」

天晴看著志陽慢慢的接近自己的臉，她感覺到自己的心口怦怦跳的，緊張的似乎心臟就要從自己的胸口跳出來一樣。她覺得自己臉又開始發燙了起來，肯定是變得紅通通的了。她用力的打了志陽一巴掌，把志陽的臉打向一邊，順勢又在志陽的肚子上補上一拳。痛的志陽抱著肚子癱軟在地上，志陽誇張的叫著，「哎呀！好痛啊！妳哪來這麼大的力氣？妳這個惡婆娘，也太狠

第九章
真相

原來是雨、
不是你

了吧！佟小雨絕對沒有妳這麼狠心，妳是夏天晴沒錯，不是佟小雨。」

天晴這時候氣得牙癢癢的，滿臉通紅。看志陽那麼痛，覺得自己似乎用力太過，真的把他揍得太過了，於是她蹲下來看志陽：「你，你……還好吧？」

志陽看著天晴整個紅通通的臉，他知道天晴心裡是有自己的，就是不知道為什麼天晴就是一直否認，他看著此時臉紅樣子的天晴，實在可愛。

他忍不住伸出手來撫摸著天晴的臉，然後捏了一下她的鼻頭，用手將她的下巴抬起來，讓她的臉正面對自己，讓她逃無可逃，然後輕聲溫柔的問她：「為什麼你就是不承認你就是小雨？」

天晴迷茫了，她看著眼前志陽的臉，這就是自己朝思暮想的臉嗎？這不就是讓她又愛又恨的臉嗎？這不就是讓她因為抵擋不住思念，只好遠走他鄉的臉嗎？可是，如今他出現在自己面前時，自己卻又生怯了。

天晴用力把志陽抓著她下巴的手拍掉，然後再次走到沙發坐下，緩緩的，有點生澀的開了口：「小雨……小雨是我的姐姐。」

天晴一下子陷入了以往小時候的回憶……

那年小雨十歲，天晴七歲。在鄉下的小溪旁。媽媽喊著她

們兩個：「小雨，天晴，刷牙刷好了沒呀？刷那麼久，快來吃飯！」

兩個小女孩玩得不亦樂乎，根本沒聽到媽媽的呼喚。

小雨和天晴正努力刷牙，刷出滿口的牙膏泡沫，然後兩個小女孩站在小溪旁的石頭上，努力的把嘴巴裡的泡沫往溪裡面的魚身上吐，看誰可以準確的吐中魚頭。

天晴比較小，總是吐得不是那麼精準。但她不服輸的個性，一邊大喊著，一邊努力的吐口中的泡沫：「姐姐，姐姐，你讓我一下啦！我要吐在這隻魚身上。」

小雨並沒有讓給天晴，反而一口把嘴裡的牙膏泡沫一口就吐在魚身上，然後大喊：「我贏了，我贏了！我吐中了！」

天晴不服輸：「姐姐作弊，明明那條魚是我的，妳怎麼可以吐？」

小雨安慰天晴：「我幫妳，我幫妳，這一隻我吐中算妳的。」小雨努力再刷了幾下牙齒，讓嘴巴裡面的泡沫更多一點，然後深吸了一口氣，努力的把嘴裡的泡沫往溪裡的魚身上吐了出去：「噗！中了！中了！天晴妳贏了！」

媽媽這時候耐不住性子拿著棍子跑出來了：「妳們兩個小鬼還在玩，快一點，上學快遲到了！」媽媽作勢要打兩個姐妹。

小雨馬上護著天晴，然後把天晴從溪邊拉起來說：「好了，好了！刷好了！天晴，趕快跑！」然後小雨拉著天晴猛得跑給媽

第九章

真相

原來是雨、

不是你

208

媽追，兩人杯子裡的水都倒了，兩人跑回屋子，看到彼此嘴巴旁的泡泡都笑得彎了腰。

小雨和天晴每天早上都有花樣。通常是天晴的點子，小雨配合天晴，滿足天晴的想法，帶著天晴去做。

下課後，兩人貪玩，常常結伴去鄰居家玩，玩到天黑都忘了要回家吃飯。有一天太晚回家，錯過晚餐時間，乾脆就在鄰居家吃飯，然後等家裡暗了燈才偷偷回家。

沒想到一進家門，家裡客廳的燈一下子「啪！」一聲全亮了！爸爸就坐在客廳等著兩姐妹。看著爸爸鐵青的臉，兩個姐妹都不敢說話。

爸爸很嚴肅的說：「妳們兩姐妹，去撿妳們爺爺喝酒的瓶蓋過來，一人撿兩個。」

小雨和天晴不知道爸爸的用意，乖乖的各撿了兩個啤酒瓶蓋過來。

爸爸指著祖先的牌位說：「妳們兩個去祖先牌位面前跪著，把啤酒蓋刺的那一面朝上，就跪在啤酒蓋上，給我對著祖先好好反省反省。」

爸爸看著兩姐妹乖乖的跪在啤酒蓋上，其實心裡很心疼，找個藉口就進房去，免得看了心裡難過。

當爸爸一進房，天晴看了一下，四周都沒人，祖先牌位下方就是一台電視機。電視機就在面前，天晴轉頭跟小雨說：「姐

姐，我們來偷偷看電視好不好，跪在這裡好無聊。」

小雨比較膽小，「可是，爸爸發現怎麼辦？」

天晴賊賊的小聲說：「我們不要開聲音就好啦！」

但電視機裡的畫面實在太好笑了，即使像看默劇一般，兩個人還是笑到不可遏止。爸爸聽到兩個小女孩的笑聲，立刻從房裡出來，生氣的大罵：「都被罰跪了，還那麼開心？有那麼好笑嗎？」

姐妹倆被爸爸開門的聲響一驚嚇，趕快把電視關掉，關得太大力，還把搖控器掉到地上，被爸爸看見。

爸爸一氣之下，拿著衣架子就要揍人，還是小雨用身體護著天晴：「爸，爸，都是我，都是我不好，你別打妹妹。」爸爸也作勢打幾下罷了，畢竟爸爸還是心疼女兒的。

小雨從小就手巧，藝術天分也高。爸爸讓小雨去學鋼琴，才十三歲，就彈得一手好琴，天晴也跟著姐姐身邊學，但天晴實在不是這塊料，不僅靜不下來，五線譜的豆芽菜更是讓天晴每天眼花頭暈的。後來幾乎都只是去陪伴小雨學習罷了！但天晴就是喜歡賴著姐姐，當姐姐的跟屁蟲。

有好吃的小雨一定跟天晴分享，有好玩的天晴也一定跟姐姐小雨分享。兩個姐妹從小就是愛黏在一起。

一直到姐姐十六歲的時候，姐姐突然生病了！發現的時候已經是癌症末期。

第九章
真相

原來是雨、
不是你

小雨每天被湯藥圍繞，每天要灌許多不同的湯湯水水，天晴總是在旁邊陪伴小雨，說笑話給小雨聽，也承諾小雨，等小雨康復的時候，兩個人要一起去台北玩，因為小雨一直想到台北看雨。

　　這天，小雨氣色比較好，可以跟天晴講講話，她握著天晴的手說：「天晴，我最喜歡聽這首歌〈冬季到台北來看雨〉，你聽。」小雨手中握著小型錄放音機，這時按下播音鍵，傳來了一曲軟軟細語的曲子。

　　「冬季到台北來看雨，也許會遇見你……」

　　小雨握著天晴的手說：「假如我的病好了，我們就一起去台北看雨。」

　　天晴用力的點點頭，答應小雨：「姐姐，妳一定會好起來的！我一定要和妳一起去台北看雨。」

　　小雨似乎可以感覺到自己狀況並不好，所以又接著說：「假如，我沒有好起來，妳就代替我到台北去看雨，我一直很希望可以到台北走走看看，是不是像這首歌寫得一樣美，好希望可以去台北看雨，走在台北的街頭，嚐嚐台北的小吃，感受一下那種唯美的朦朧美和浪漫，好嗎？」

　　天晴猛搖頭說：「不會的，不會的，姐姐妳一定會好起來的，我一定要和妳一起去，妳不可以丟下我一個人。」

　　「好，我努力好起來。可是假如萬一，我是說萬一，假如真

211

的萬一我沒有好起來，妳幫我完成這個夢想，好不好？」

天晴用力的猛點頭：「姐姐，妳說什麼我都會答應妳的，但是妳一定要好起來，不要丟下我一個人，好嗎？」

小雨咳了幾聲，努力的要坐起身來，天晴扶起姐姐起身坐好，讓姐姐靠在床頭。然後看著小雨指著抽屜：「天晴，妳幫我拿抽屜的日記本來好嗎？」

天晴趕快放開姐姐的手，轉身去開抽屜，拿出抽屜裡面的紅色日記本。

天晴把日記本交給姐姐，小雨拿著日記本，摸了摸，然後跟天晴說：「天晴，這裡面有許多我的回憶，也寫了許多我來不及完成的夢想，假如我好不了，我希望天晴妳可以幫我完成我的夢想，好嗎？」

天晴聽姐姐這麼說，放聲大哭：「不要，不要，我不要姐姐離開我，姐姐妳一定會好的，不管，我不管，妳的夢想妳要自己去完成，我不要妳離開我。」

小雨摸摸天晴的頭：「我的好妹妹，我只是說萬一，只是如果，又不是一定好不了。可是我希望妳先答應我，可以嗎？幫我完成我的夢想。」

天晴哽咽的回小雨：「姐姐，妳說什麼，我都會答應妳的，妳只要好好的養病，妳會好的。妳別再說了！好好休息，好嗎？」

第九章
真相

原來是雨、
不是你

212

小雨對天晴點點頭。

天晴有點欲言又止，小雨看出她似乎有話要講，用溫柔的口吻，摸摸天晴的頭說：「怎麼了？妳是不是有什麼話要說？」

天晴吸了吸鼻涕，然後跟小雨說：「姐姐，明天我就要跟爸爸回上海去了！以後可能不能常常來看妳，但是妳要答應我，要好好養病，我們冬天要一起去台北看雨。」

小雨輕輕的點點頭，然後摸著天晴的頭：「好，別哭了！我會好起來的，這是我們的約定，冬天一定要到台北看雨。」

天晴深吸了一口氣，把自己的思緒拉回到現在。他看著志陽，眼中還閃著淚光，語帶哽咽的說：「雖然爸媽離異，可是我們姐妹倆一直很好的，姐姐一直很優秀，我一直以姐姐為榜樣，也一直以姐姐為豪。在她十六歲那一年，我剛滿十三歲。那一年姐姐剛上高中，就發現自己得了癌症末期。在姐姐接受治療過程中，我一直陪在姐姐身邊，我聽姐姐講她的夢想，我也希望可以幫姐姐完成夢想。後來，姐姐走了，因為爸媽早就離異，我必須離開天津，跟著爸爸到上海。到台北看雨，純粹只是我幫姐姐完成她的一個夢想，談戀愛，也是幫姐姐談的，並不代表什麼。你愛上的人是姐姐佟小雨，並不是我，夏天晴。」

天晴拿起紅色日記本接著說：「姐姐臨走前把她的日記本

交給我，告訴我說，日記本裡面記了許多她過去的回憶，也寫了許多她未來想做的夢想，那是她再也不可能去完成的夢想，於是她希望我可以幫她完成。姐姐也告訴我，她一直想去台北看看，我就是代替姐姐到台北去而已。聽說，爸媽相戀的地方也是在台北，屋外正下著小雨，所以，把姐姐的名字取做小雨。只是後來爸媽離異，媽媽堅持姐姐跟著她姓，於是後來姐姐改姓佟。而我是跟著爸爸，很自然的就跟著爸爸姓夏。我透過姐姐的日記了解姐姐的過去，我也答應過姐姐會幫她完成來不及完成的夢想，包括冬季到台北去看雨，去看看爸爸媽媽相戀的地方，看看她出生的地方，當然也包括替姐姐談一場戀愛。」

　　志陽聽到這裡，他已經不知道說什麼好了。天晴看得出來他眼中的疑惑，和一堆還沒出口的問題。他並沒有等志陽發問，就自己接著說：「所以，你在台北看到的人是我，但是，又不是我。我是替姐姐去的，戀愛也是幫姐姐談的，你愛上的人是姐姐，不是我。是佟小雨，不是夏天晴。」

　　志陽不能接受天晴此時此刻說的，他大喊說：「不，是妳，是妳，不管妳叫佟小雨，還是夏天晴。我認識的人是妳。」

　　夏天晴也激動了起來，跟著大聲的又哭又喊：「不是我，不是我。你看的只是我的人，但是你愛上的人不是夏天晴，是佟小雨。我不能背叛姐姐。從小時候，姐姐一直對我很好，有什麼好吃的都會想到我，幫我留一份。有什麼好玩的，也會帶我一起去

第九章
真相

原來是雨、
不是你

214

玩。有新衣服也不忘了要和我分享。就連長大了，她的新校服，即使我不能穿，她也想讓我看看她穿新校服的樣子。她什麼事情都想到我，她對我一直都這麼好，我不能背叛姐姐。姐姐她什麼都好，又會讀書，又會玩樂，又會辦活動，也彈了一手好琴。她什麼事情都做得很好，爸媽都喜歡她，我也很喜歡她，她不管做什麼事情，都不會嫌棄我這個跟屁蟲妹妹，就是讓我跟著，她疼我，愛我，我不可以對不起姐姐。」

志陽看著天晴像瘋了一樣的瘋狂講一大串對姐姐的思念，和姐姐對她的好。也許這一些想法，早就在天晴心裡隱藏許久，她需要抒發抒發。志陽讓天晴就這麼瘋狂一下。等她講完，稍稍安靜了一下。

志陽到了天晴面前，緩緩的把她的雙手握在自己手裡，溫柔的對天晴說：「可是，我認識的人是妳，我愛的人也是妳啊！喜歡上我的人也是妳，妳確定妳姐姐會喜歡我這樣一個木頭嗎？我這麼不懂情趣，也沒有小飛的幽默和好人緣，妳確定妳姐姐喜歡這樣的我嗎？喜歡上我的人是妳，是妳夏天晴，不管你叫什麼名字，喜歡上我的人，是妳，就是妳。若是讓妳姐姐來挑男朋友，她絕對不會選我的。妳對我的感覺，也不是妳姐姐會有的，妳清醒一點，妳姐姐已經死了！」

天晴還是不能接受，她不斷的重複自己不能背叛姐姐，不能搶奪姐姐的男朋友。然後天晴似乎想到什麼，清醒過來，瞪著

大大的雙眼看著志陽：「志陽，你確定你喜歡的人是我嗎？你真的認識我嗎？你認識的人是我姐姐，那樣子都是我從日記本裡學的，我在日記本裡看到姐姐的樣子，我是學姐姐的，學姐姐的，所以，你認識的人是我姐姐，我不可以跟她搶男朋友。」

志陽看天晴一直被姐姐的影子綁著，他對天晴大吼了一聲：「妳姐姐已經死了！」

天晴被志陽這麼一大吼，突然安靜了下來。但卻緩緩的跟志陽說：「就是因為姐姐死了，所以，我更不能跟她搶了。死者為大！」

志陽快瘋了，她過去把天晴的身體扳過來面對自己，然後鄭重的對天晴說：「天晴，妳醒醒，妳醒醒，妳姐姐死了！我不管妳叫什麼名字，我喜歡上的人是妳，愛的人也是妳。跟我一起去旅行的人是妳，送我楓葉的人是妳，把小狗撿回來強迫我要替妳照顧的人也是妳，一起去逛夜市吃小吃的是妳，放天燈的人也是妳……。這些總總，都是我們共同的回憶，我們共同的經歷，是我們一起去完成的。妳為什麼不能清醒一點？」

天晴也不甘示弱的大吼：「那請問你知道我喜歡什麼？不喜歡什麼？愛吃什麼？不愛吃什麼？你知道我怕什麼嗎？你根本不知道，你根本不認識夏天晴。我也不愛你，去年冬天我沒有回去台北看雨，這不就是最好的說明嗎？我不愛你，甚至忘了要回台北看雨的事，這說明我只是幫姐姐去看雨，過去也就算了，只是

第九章
真相

原來是雨、
不是你

幫姐姐完成一個夢想。只是完成一個夢想，我根本不愛你。」

志陽覺得繼續這樣下去是沒有結果的，他把自己的臉湊近天晴說：「我知道妳害怕對不起妳姐姐。我讓妳靜一靜，想清楚，明天我再來。」志陽看著天晴一愣一愣的，他想天晴需要多一點時間面對自己，面對死去的姐姐。但是，自己何嘗不是一樣。當真相大白，當天晴指著自己鼻子問：愛的人到底是誰？其實，志陽自己也不知道自己真正愛的人是誰？

在台北那段時間，志陽可以很清楚知道自己喜歡上小雨。可是，現在真相大白，志陽也不是那麼有把握自己真正愛上的人是誰？因為，在那一段日子裡，面對自己的人，有多少是小雨的樣子？又有多少是天晴的成分？他不相信有一個人可以完全變成另外一個人。所以，他認為愛上自己的人是夏天晴，而不是佟小雨。既然是這樣，那麼，自己所愛上的人，自然是夏天晴的成分多過佟小雨的成分。

志陽看天晴需要一個人靜一靜，他也必須找個地方，好好的把整件事釐清楚才行。於是他離開天晴的住處，回到慕飛翔的住處。

一進門，慕飛翔就跑過來說：「你到底去哪裡了？上海你人生地不熟的，假如你自己把自己搞丟了，我還真不知道去哪裡找你！只好在家等你。說，你後來有找到佟小雨嗎？」

志陽只是看了慕飛翔一眼，他覺得自己好累，好累，就拖著

自己的身體到沙發上，一倒上沙發，就不省人事了！

「志陽，志陽，志陽……，你怎麼啦？你不要嚇我啊。」小飛拼命的搖著志陽，深怕他是哪裡不舒服，他一摸志陽的額頭，天啊！這小子到底是去了哪裡？額頭這麼燙！恐怕是身體出狀況了，發燒了！小飛趕緊去冰箱翻箱倒櫃的找冰塊，然後到廚房拿水，裝了一個冰袋給志陽睡。

這一夜，慕飛翔照顧了志陽一整夜，雖然說志陽睡沙發，但他也沒回床上睡，就直接睡在沙發旁的地上，害怕半夜志陽出什麼狀況。

累了一整夜，直到隔天早上，太陽從窗戶透進來，照在志陽的臉上，志陽才覺得刺眼，緩緩的張開了眼睛，揉一揉眼睛坐起來，看到小飛就睡在自己旁邊的地上。他用腳搓了搓小飛，小飛抓抓自己被搓的手臂，還打了志陽的腳好幾下，這才驚覺不對，趕快從地上坐起來。

他看到志陽正坐在沙發上看著自己，他本能的站起來用自己的手背去碰了碰志陽的額頭，然後再回來量了一下自己額頭的溫度，然後吐出一口氣說：「還好，退燒了。兄弟，你昨天真是嚇死我了！你到底去哪裡了？回來一句話都不說，一躺在沙發裡就睡著了，還發著高燒，你也知道兄弟我，最不會照顧人了。我天生都是被人照顧的份，你這樣真是嚇死我了。說，昨天到底發生什麼事？」

第九章
真相

原來是雨、
不是你

第十章／全新開始

———

　　天晴在志陽離開之後，她喃喃自語對自己說：「不行，我不能搶姐姐的男朋友，姐姐對我那麼好，我怎麼可以這樣對姐姐呢？再說，我都說過了，我是用姐姐的樣子去台北，也是用姐姐的樣子在生活，他們認識的人是姐姐，不是我。喜歡上的人自然也是姐姐佟小雨，怎麼會是夏天晴呢？」於是，她下了一個決定，她決定澈澈底底的放下志陽。放下台北的一切，從今天開始，她要好好的生活，從今天開始，做夏天晴。

　　天晴開始強迫回歸自己「真正」的生活。出門照慣例，戴上自己的全罩式安全帽，穿著一身黑的緊身皮衣，瀟灑的跨上重型機車，右腳用力往下一踩，「碰……碰……」的厚實聲音，讓機車暖一暖車。正當她要騎著機車離開時，志陽出現在自己的眼前，他熄了機車的火，並且把鑰匙扭掉，握在自己的手掌心。

　　「你做什麼？」天晴瞪大了眼睛，看著眼前的志陽。他似乎打定了主意，若是天晴不跟他說清楚，他是不會放天晴走的。

　　志陽把天晴從機車上拉下來。「你做什麼呀？」天晴努力的要掙脫志陽的手。但是志陽就是不放手，生怕自己一放手，天晴就會從自己的眼前消失一樣。

219

天晴放棄了掙扎，然後對著志陽說：「你放手，再不放手我叫人囉！」

　　志陽聽天晴這麼說才放手。他溫柔的說：「天晴，天晴。我昨天晚上仔細想過了！我面對現實。我知道你是天晴。但請你也面對現實好嗎？小雨死了，我也知道小雨是你姐姐，但至少我現在願意重新開始，我們重新開始好嗎？」

　　天晴聽志陽這麼說，這時候她突然起拗勁了，好不容易對自己說要好好重新開始做自己，可是……，可是……、一旦看到志陽，她所有的決心都被打回到原點。她知道自己心裡還是在意志陽，在意姐姐。她沒有辦法這麼快就讓這一切過去。她也沒有辦法同意志陽的說法。重新開始？談何容易？她本來就是替姐姐談這個戀愛，嚴格說來，志陽就是姐姐的男朋友，假如姐姐還在，也許跟志陽互相相愛，還結了婚，那志陽就是自己的姐夫，小姨子怎麼可以愛上姐夫？這說起來實在太沒規矩了，太讓人笑話了！她不可以背叛姐姐，不管姐姐還在不在，他是姐姐的，就是姐姐的，並不會因為姐姐不在了，妹妹就可以搶了姐姐的東西，姐姐的人。

　　於是，天晴狠狠的跟志陽說：「先生，我們認識嗎？」

　　志陽不可置信的看著天晴，一句話都說不出來。天晴是打定了主意，不願意認自己了？更不用說要天晴跟自己重新開始。

　　天晴接著趕快說：「先生，把我的機車鑰匙還給我。你假如

220

再來打擾我，我就報公安了！」

　　志陽緩緩地伸出自己的手，緩緩的攤開自己的手心，鑰匙就在手心上，他把它放到天晴面前。讓天晴自己拿。

　　天晴伸手來拿鑰匙，志陽再次一把把她的手握在自己的手裡，「天晴，你想清楚，你確定要這樣？」

　　天晴用力地把自己的手從志陽手裡抽出來，然後把鑰匙插進機車的鑰匙孔裡，用力的一扭，發動機車，很快地騎走了！

　　志陽站在原地，看著天晴快速地騎走她的機車，快速的從自己的眼前消失，沮喪和失望明顯的寫在志陽的臉上。

　　但志陽不放棄，他手上有一份陳姐給他的資料，天晴的行程表。他看了時間表，知道天晴要到健身房去，他要使出死皮賴臉的方式，重新追求天晴。只是這不是他平常習慣的，他必須找慕飛翔幫忙。

　　慕飛翔本來也不想幫志陽，但看到昨晚志陽回家的樣子，他知道若是自己跟志陽搶天晴，必定傷了兄弟情。另外，他對於當初答應老闆娘好好陪伴他這個兒子，若是現在為了搶女人，而愧對當時自己對老闆娘的承諾，似乎也說不過去。再說，自己跟小雨本來就沒有太多的交集，現在更得知，當時在台北的小雨其實是天晴，這樣一來，自己更沒有理由跟志陽搶天晴了。倒不如做個順水人情，幫志陽一把，若是未來兩人真的在一起，那他也可以做個順水紅娘。

在志陽到天晴的住處時，其實飛翔早一步到健身房布置好了一切人事。當天晴一到健身房，門口的服務小弟還是一如往常幫天晴把車子停進去停車場，天晴一進入健身房，就覺得今天健身房裡的氣氛怪異，怎麼每個人看著她，都衝著她笑。

當她換好運動服做暖身操時，她總覺得自己身旁的人都將目光移到自己身上。她覺得有點不舒服，於是到重訓區做上臂運動，當她把雙手放上機器，用力一拉，隨著磅秤往上移動，便從她的頭上往下有一張紙條出現，寫著：「夏天晴，我愛你！」天晴以為自己眼花，又再次拉了好幾下。每一下都看著這張紙條從頭上往下，想伸出一隻手去把它扯下來，偏偏只用一隻手是沒辦法把重磅秤給拉下的，自然那張紙條就又跑回頭頂上，自己根本拿不到。於是，天晴放棄做這項運動，離開這台機器，到別台機器去。

天晴坐上一張椅子，這是訓練大腿肌肉的，需要把兩腳張開，調整好磅秤重量，然後雙腿往內用力一夾。一樣的，磅秤就會往上抬。天晴坐上去之後，她首先調好磅秤重量，把鐵棒往適當的重量孔徑一插，然後擺好姿勢，把後背靠在椅背，用力一夾，竟然隨著磅秤的上升，她看到出現在她眼前的是一張長條紙，上面寫著：「夏天晴，與我交往吧！」

天晴揉了揉眼睛，自己沒看錯吧！雙腿又用力地夾了好幾次，看著紙條上上下下的來回好幾次。天啊！瘋了嗎？怎麼會出

第十章
全新開始

原來是雨、
不是你

222

現這樣的事？

　　天晴離開訓練大腿的運動器材，她來到跑步機前面，她站上跑步機，拉了安全鈕扣，把它夾在自己的衣服角邊上。然後按了按機器的設定，眼睛看向窗外，這樣至少不會再看見什麼了吧！

　　天晴很用心地開始跑步，才跑了幾分鐘，慢慢的速度才開始加快，她竟然看見健身房的玻璃外面，有一個空飄氣球，上面寫著：「林志陽愛夏天晴！」天啊！天晴揉揉眼睛，這是什麼情形啊？

　　不行，不行，自己得趕快離開這個地方才行。於是天晴從跑步機上面下來，正想快速走向更衣室，突然發現剛才對她微笑的人，正站在自己四周，每個人都拿著一支玫瑰花，然後把玫瑰花遞給她，紛紛的祝福她，「恭喜妳！」

　　「哎呀！好令人羨慕啊！」

　　「他真的好喜歡妳啊！」

　　「要幸福喔！」

　　「祝福你們永浴愛河！」

　　「要好好珍惜喔！」

　　……

　　大家你一言，我一語的。天晴根本沒有反駁的機會，差點就被口水淹沒。

　　志陽出現在人群裡，看著天晴被這些甜蜜攻勢包圍，然後對

天晴說：「天晴，我喜歡妳，我們交往吧！」

天晴氣得大喊：「林志陽！」天晴氣得話都說不出來了。自己不是已經都跟林志陽說清楚了嗎？自己是不會背叛姐姐的，他怎麼還……。

天晴被志陽搞得不知如何自處，把手上的花都丟在地上，然後就快速跑離現場了！

志陽沒想到場面會搞成這樣，小飛這時從一旁出來，拍拍志陽的肩膀：「沒事，我們再接再勵！」然後小飛拿出天晴的行程表，用手指彈了彈行程表說：「下一站！」

上海迪士尼是最近新開的遊樂園，每每有新景點、新樂園，做一個導遊，是必須事先去熟悉一下環境，玩一些新設施的。所以，天晴今天的行程就是上海迪士尼樂園。

志陽和小飛到了迪士尼樂園，看著樂園又大又多的人，志陽問小飛：「這裡這麼大，又這麼多人，我們到那兒去找天晴啊？」

小飛眨了眨眼，一副鬼靈精的樣子說：「我有辦法！」

然後，他拉著志陽來到服務處：「服務員，可不可以請您幫我們廣播一下，我們有一個朋友叫夏天晴，約好了一起到這裡來，可是人一多，我們走丟了，是不是可以請您幫我們廣播，請她到這裡跟我們會合一下呀？」

「你們自己打個電話給她就好了呀！假如每個人都這樣，我

第十章
全新開始

原來是雨、
不是你

224

們豈不是廣播不完啊？」服務人員並不想幫這個忙，也不能打擾旅遊的遊興，所以，廣播次數和聲音是越少越好的。

小飛偷偷的從志陽口袋拿走志陽的手機，志陽正覺得納悶，此時小飛又拿出自己的手機說：「可是她出門的時候忘了帶手機，手機都在我們身上啊！正因為這樣，我們才沒辦法連絡到她。這位美麗又漂亮的姑娘，拜託拜託，妳幫個忙，等一下我幫妳帶杯涼飲來，謝謝妳幫我們找人，可以吧？」飛翔使出他那甜死人不償命的讚美，和他那帥氣的外表，還外加給服務人員丟一個秋波，服務員也就不再繼續堅持了！開了廣播的開關，拍了兩下麥克風，播出了園區的音樂，然後對著麥克風說：「夏天晴女士，夏天晴女士，服務處這裡有妳的朋友等妳，請聽到廣播盡速到服務台廣播處。」然後關上麥克風開關，然後對慕飛翔說：「行了吧！」

慕飛翔說：「好，好，謝謝妳，謝謝妳啊！等一下一定，馬上，帶茶飲來給妳啊！」然後慕飛翔就拉著林志陽往旁邊一躲。

志陽不懂為什麼要躲起來，對小飛小小聲地說：「我們為什麼要躲起來啊？」

小飛往志陽的頭上敲了一下，「笨啊！難道我們真的要正大光明的找天晴嗎？你確定她會跟你一起玩這裡的設施啊？看到我們還不扭頭就走。」

「對喔！那怎麼辦？」

「所以啊！我們只要等她到這裡，然後等她看不到人，她自然會離開，我們再跟著她背後離開就好啦！這樣我們不就找到她了嗎？接下來，你要親近她不是也容易一些？」小飛一次把話說完，他覺得依志陽這個呆樣，要追天晴還真是難啊！

　　志陽呆呆地回：「對，對，還是小飛你比較聰明。真謝謝有你的幫忙啊！」

　　天晴到了服務處，看了看，沒有人等自己啊？該不會是同名同姓的人？她還以為同事大發慈悲，主動跟來，要跟她一起體驗遊樂設施呢！算了，看一看，沒人，天晴就自己走開了去。

　　走了幾步路，總覺得有人跟著自己。她停下了腳步，猛一回頭，又沒看到人。大部分都是遊客，看起來並沒有異樣。但她想到剛才在健身房的糗樣，不會是……，該不會跟到這裡來了吧？於是天晴轉了個彎，躲起來。

　　志陽和小飛看天晴快速轉了一個彎，就快速跑過去，怕自己跟丟了。沒想到一轉彎，就被躲在牆邊的天晴伸出的一隻腿給絆倒了！

　　天晴大聲地斥責志陽和小飛兩個人：「你們兩個人幹什麼呀？幹嘛一直跟著我？」

　　小飛被天晴的腳這麼一絆，故意很誇張地躺在地上：「唉喲！唉呦……摔死我啦！天晴，你也不要這樣嚇人好嗎？我的腿都快斷了！只不過是要跟妳一起玩迪士尼的設施，也沒什麼壞心

第十章　全新開始

原來是雨、不是你

眼，你幹嘛把我們兩個想得那麼不堪啊？」

志陽這時好像做壞事被抓包一樣，也說不了什麼話，只是呼應著小飛說：「是啊！是啊！就是這樣。」

天晴眼珠子一轉，突然有種捉弄他們兩個大男人的頑皮表情出現：「好吧！你們說的喔！我夏天晴玩的，可沒有佟小雨的斯文喔！」

慕飛翔立刻從地上爬起來說：「沒問題，本來佟小雨是佟小雨，夏天晴是夏天晴，怎麼會一樣呢？」然後轉頭看著志陽說：「是吧？志陽。」

志陽這時就只會順著慕飛翔的話：「是的，是的。佟小雨是佟小雨，夏天晴是夏天晴，本來就不一樣。」

慕飛翔這時機靈地問天晴：「那，現在我們玩什麼去？」

天晴頭一撇，示意他們兩個跟著自己走。

然後到了一站，看起來像是科技館的地方，充滿了藍色的燈光，許多人都要大排長龍，有時需要等上好幾個小時，還好天晴有導遊證，可以優惠，首先坐上列車體驗。三人已經坐在像似機車模樣的列車上了！天晴告訴兩個男人說：「我最愛騎重機了！這個列車就是模擬像騎機車一樣的姿勢，它叫『創極速光輪』等一下會快速的加速過山洞，然後，會有競速的過程，轉了一圈之後，會再回到這裡。等一下聽說會有一段像是失去重力的感覺，趕快把安全帶綁好，否則等一下不小心摔出去了，可不關我的事

喔！」

志陽突然很緊張的趕快找安全帶，然後笨手笨腳的，扎了好幾下才把安全帶扎進孔裡面。他聽天晴這麼說，緊張的心臟都快跳出來了。天晴跟小雨實在是太不同了。小雨嫻靜，天晴怎麼這麼愛刺激？而自己實在平常也不怎麼愛玩這些刺激的，為了天晴，可說是把自己逼上梁山了。現在還有種要下海的感覺。等一下該不會直接到達地獄吧！

倒是飛翔一點都不怕，愛刺激的飛翔，一點都不在意，很輕鬆的扣上安全帶，一派輕鬆的說：「妳太小看我們了！」

隨著播放AI人工智慧的片段，加上即將啟動的聲音，志陽緊張的心越跳越快，他不知道自己等一下能不能承受得了？其實有許多恐懼是來自於不了解，還有對未知所想像出來的。現在的情況就是如此。

隨著倒數，三、二、一，出發！

從慢慢地加速，到突然的急速加速，志陽聽到整個列車上此起彼落的尖叫聲，一開始自己還因為男人的面子忍住，後來，經過一段急速下降，感覺自己急速地往下墜，一種失去重力的感覺，他忍不住就「啊！啊……」的跟著大家吶喊了起來！這一吶喊就再也停不下來了，志陽幾乎是一路尖叫、吶喊，直到目的地。安全帶一鬆開，才發現安全帶勒得自己的肋骨好痛啊！

天晴看著還愣著坐在位子的志陽，關心的問：「怎麼樣？你

還好吧？」

慕飛翔輕鬆地站了起來，到志陽身邊，把志陽一把拉了起來，然後對天晴說：「小意思！這沒什麼。是不是，志陽？」

志陽覺得自己的胃很不舒服，總覺得胃裡面的東西就快跑出來了！但還是嘴巴硬，跟著小飛說：「是啊！是啊！」

於是天晴又帶他們繼續去玩了好幾個刺激的遊樂設施，「加勒比海盜」、「抱抱龍沖天賽車」、「七個小矮人礦山車」、「噴氣背包飛行器」……。經過幾個刺激的遊樂設施的洗禮後，天晴看志陽的樣子，實在不能再繼續折磨他了！所以，只好配合志陽，三人一起去玩「旋轉蜂蜜罐」、「小熊維尼歷險記」、「艾莉絲夢遊仙境迷宮」、「晶彩奇航」……直到「幻想曲旋轉木馬」，小飛已經受不了這麼小孩子的遊戲，已經先跑走，去買茶飲給服務員，搞不好已經跟服務員打得火熱了。只剩下志陽和天晴一起去坐「幻想曲旋轉木馬」。

坐在旋轉木馬上，天晴轉頭往後看著被自己折磨得不成人樣的志陽，她突然心中有點不忍，但想到必須讓志陽有所體認，自己和姐姐是不一樣的，所以也必須狠下心來。

天晴轉頭對志陽說：「現在你應該相信我不是小雨了吧！而且我跟姐姐是很不一樣的，假如你不喜歡我這個樣子，那就代表你愛錯人了！」然後天晴把頭轉回來，看著天空說：「姐姐是一個很完美的女孩子，她什麼都好，也很優秀，我永遠也不可能成

為她。」

　　志陽軟趴趴的抓著旋轉木馬的桿子，有氣無力的說：「你也很好。」

　　「什麼？」志陽的聲音太小，天晴聽不清楚，回過頭來反問了一聲。但志陽沒答話。所以，天晴把頭轉回去繼續說：「你還是死心吧！我永遠不可能是姐姐的樣子！」

　　就在這樣一圈一圈的坐著，志陽雖然沒說什麼話，但她在天晴背後看著天晴，覺得天晴對自己太沒自信了，也心疼她總是在姐姐的陰影裡掙扎。假如自己真的愛天晴，也許自己消失在她眼前對她是最好的。否則，每看見自己一次，天晴總是要想起姐姐小雨，並且把自己跟小雨比較一番，總是把自己比較得一無是處。

　　坐完旋轉木馬，天色也暗了！志陽是心疼天晴的，即使他非常喜歡天晴，但他覺得天晴需要時間沉澱自己對她的感情。就順其自然吧！也許不該強求，才是對彼此最好的發展。最重要的是，這段時間天晴對於自己的追求，不但沒有一點動心，今天還這樣折騰自己，這只能說明一點，天晴並不愛自己。

　　志陽趁著飛翔還沒回來，下了旋轉木馬，他跟天晴說：「我懂妳的意思了！明天我就回台北。我送妳回家吧！」

　　然後志陽打了個電話給飛翔，告訴他，自己先送天晴回家了！小飛心想，果然自己離開是對的，這樣才可以製造機會給兩

第十章
全新開始

原來是雨、
不是你

個人獨處。於是飛翔還跟志陽說：「好，好，你們先走，你慢一點回來沒關係。不，是不用回來也沒關係。」

志陽幫天晴打了車，兩人一起上了車，一路上兩人都沉默不語。到了天晴家門口，志陽看著天晴入了門，自己也就離開天晴家。

志陽沒有立刻打車回小飛家，反而自己想走一段路，散散步，想一想事情。

天晴一回到家，突然情緒低落，感覺有一點失落。有一點寂寞。面對自己安靜的房間，她突然覺得好孤單。

天晴想著志陽跟自己說的話，他說他明白了！他懂了？天晴拿起日記本往桌上敲了一下：「懂了？懂什麼了？」突然，發現自己拿著日記本敲桌子，於是又趕快摸摸日記本，檢查一下是否把日記本給敲壞了？

志陽很晚才回到小飛家，一進門，小飛就坐在客廳看電視。小飛一看到志陽回來，立刻就湊上去問志陽：「怎麼樣？怎麼樣？跟天晴怎麼樣了？」

志陽只拋下一句：「我明天回台北，我先進去整理行李。」然後就碰的一聲，把門給鎖上了！只留下小飛一個人在外面不斷的敲著門，「喂，你說什麼啊？你把話講清楚啊！喂！你把門打

開，怎麼還鎖門？這到底是我家還是你家呀？」

　　隔天，志陽坐了最早的一班飛機回到台北。他離開台北好幾天了！咖啡店裡感覺好像很久沒人住似的，到處充滿了灰塵。他開始打掃咖啡店，把每個窗戶都打開通風，冬天過了，濕氣也沒那麼重，都春天了！陽明山上的春天是很美的，滿山滿谷的櫻花。遊客變多了，相對的，來咖啡店喝咖啡，賞花的人也變多了！

　　志陽自從上海回來台北，他把自己過得很忙碌。不僅照顧咖啡店的生意，也要顧著自己大樹醫生的招牌。有時為了大樹的診斷，要出門兩三天。他就會叫好兄弟關建國來幫自己看著咖啡店，關建國有時偷懶，總是叫連云馨來幫忙。連云馨對志陽一直沒有放棄，她總是把自己當做是當家的老闆娘在管理咖啡店，總覺得自己就是志陽的太太了。

　　天晴在志陽回台北之後，她也開始嘗試著正常的過生活。可是，不知道怎麼的，她總是在帶旅客旅遊的時候想到志陽，想到自己和志陽在台北的生活，想到和志陽去環島旅遊的點點滴滴。想到台北的小狗「阿呆」現在不知道過得好不好？帶旅客去迪士尼樂園時，又想到跟志陽一起坐遊樂設施，把志陽整得七葷八素的樣子，有時想到自己都笑出來。

第十章
全新開始

原來是雨、

不是你

三個月過去了，這天氣開始變熱！

這天，天晴帶著一團婆婆媽媽來到上海迪士尼樂園，看著四周旅客玩遊樂設施，她突然想到上次帶志陽他們去坐「創極速光輪」時，志陽下來的模樣想到就好笑，不知不覺的「噗！」笑了出來。

剛好有一位媽媽受不住熱，在天晴身邊休息，聽到天晴笑了一聲，忍不住問天晴：「導遊，什麼事情這麼好笑啊？說來聽聽吧！」

天晴跟這位媽媽說著志陽，然後這個媽媽問天晴，「那你怎麼還在這兒啊？」

天晴用狐疑的眼神望著這個媽媽。這個媽媽接著說：「我聽你這樣一說起這個人，就知道妳很愛他，他也很愛妳，你們、你們……你們這樣不是錯過了嗎？去把他追回來，去去去，馬上去！」

天晴聽這個媽媽這樣一說，她終於懂了！也許當時志陽就已經懂了！只是自己不懂。現在，自己也懂了。

可是，可是……自己要怎麼樣去把志陽追回來呢？

天晴想了一下，立刻拿起手機，撥了一通電話給台北的關建國。

隔天，天晴坐了最早的班機到高雄。

志陽，此時此刻正在高雄愛河邊尋找關建國跟他說的大樹，他說有一棵大樹就長在愛河邊水岸，樹根因為太接近愛河的水，快被溺死了！說什麼也不能耽擱，要志陽立刻下高雄一趟，連高鐵票都幫志陽買好了！只要志陽馬上出發。

　　志陽頂著大太陽，在愛河邊的人行步道上，走了一遍又一遍，就是沒有看到關建國說的那一棵大樹啊！志陽拿起手機，撥了電話給關建國：「喂！兄弟，你說的那一棵大樹在哪裡啊？我……」

　　話還沒有講完，志陽看到天晴就出現在自己前方不遠處。他愣了好一會兒，沒說話，電話那頭傳來關建國的聲音，「怎麼？現在看到了嗎？看到了嗎？是垂柳！要天晴的時候才看得到。」志陽掛斷電話。她看著天晴朝自己走來！志陽揉了揉自己的眼睛，沒看錯吧？眼前來的人，的確是天晴。

　　志陽吞了一下口水，然後吞吞吐吐的說了一句：「妳，妳……好嗎？」

　　天晴有點害羞，抿了抿嘴：「不太好，我這棵樹太笨了！像木頭，想太久，現在才想通。」

　　志陽不知道怎麼接話，停了好久才說：「那，那現在……我應該怎麼醫治妳？」

　　天晴說：「我再給你這個醫生一次機會，讓你重新追求我。」

第十章
全新開始

原來是雨、
不是你

234

志陽愣在原地：「我，我……。」

天晴看志陽沒有動作，她繼續說：「妳有女朋友了？」

「沒有！」志陽很快，很急的馬上回答。

天晴覺得志陽也許對自己沒意思了，她索性拋下震撼彈：「對我，沒意思了？」看志陽沒有回應，天晴繼續接著說：「那，我走了！我回上海了。」說完，天晴轉頭就走。

走了沒幾步路，天晴轉頭偷偷看志陽，發現志陽還是站在原地不動。天晴走了一小段路之後，她突然站定不動，然後轉過頭來，看著志陽說：「既然你這棵大樹不會動，那就我動，林志陽，你不追我，那換我追你！」

於是，天晴像志陽飛奔過去。

志陽，此刻才反應過來。他把手上的工具丟下，張開雙手，迎接往自己懷裡飛奔過來的天晴！

有人說過：「山不過來，那我過去！」

愛情就像山一樣，等待愛情遠不如去追求愛情，

抑或是去創造愛情。

國家圖書館出版品預行編目資料

原來是雨、不是你/東東著. --初版.--臺北市：
峰起云湧影業，2019.6
　　面；　公分
ISBN 978-986-97644-0-7（平裝）

857.7　　　　　　　　　　　108004431

原來是雨、不是你

作　　　者　東東
校　　　對　東東
故事原創　林旻俊
發 行 人　杜榮峰
出　　　版　峰起云湧影業股份有限公司
　　　　　　10462台北市中山區敬業一路128巷40號2樓
　　　　　　電話：（02）8502-3143
設計編印　白象文化事業有限公司
　　　　　　專案主編：陳逸儒　經紀人：張輝潭
經銷代理　白象文化事業有限公司
　　　　　　412台中市大里區科技路1號8樓之2（台中軟體園區）
　　　　　　出版專線：（04）2496-5995　　傳真：（04）2496-9901
　　　　　　401台中市東區和平街228巷44號（經銷部）
　　　　　　購書專線：（04）2220-8589　　傳真：（04）2220-8505
印　　　刷　基盛印刷工場
初版一刷　2019年6月
定　　　價　320元

白象文化　印書小舖 PressStore 出版·經銷·宣傳·設計
www.ElephantWhite.com.tw　f 自費出版的領導者　購書 白象文化生活館